JN003290
KONO
ARASHII
EKAI NI
KUFUKU
WO!
より
YORIMICHI!
みち
この素晴らしい世界に祝福を!
2回目!

UWAAA
AAAAA
アクア
カズマ
拝啓、紅魔の里の皆様へ

ダクネス
「本当に、この人達に
ついていっても
大丈夫なのだろうか……」
めぐみん

「この世界が
カズマの出身地だというのは本当か⁉」
「な、なな……
なんなのですかここは……！」
そうだ、異世界へ行こう！

「お前、俺に何をやらせようってんだこらっ！」
「ねえカズマさん、思い切って『えーてぃーえむ』にスティールを……」

「あの、カズマさん、
そんなにマジマジ見られると困るのですが……」
ウィズ
レッドストリーム・エクスプロージョン！

「この紺色が水の中に
私達の姿を同化させ、
この変わった素材が
水の抵抗を少なくするのです。
ゆんゆんはもっと痩せるべきですよ」
めぐみん
ゆんゆん
「変われるものならめぐみんみたいな
シャープなラインを保ちたいわよ」
ゆんゆん

この素晴らしい世界に祝福を! よりみち YORIMICHI! 2回目!

CONTENTS

KONO SUBARASHII SEKAI NI SYUKUFUKU WO! YO RI MI CHI! 2kaime

口絵・本文イラスト／三嶋くろね
口絵・本文デザイン／百足屋ユウコ＋モンマ蚕(ムシカゴグラフィクス)

この素晴らしい世界に祝福を！
よりみち2回目！

暁 なつめ

角川スニーカー文庫

22400

Character

アクア
職業 アークプリースト
誰にも制御できない水の
女神。特技は宴会芸。
カズマ
職業 冒険者
ニート気質の主人公。幸運
値の高さが取り柄。

ダクネス
職業 クルセイダー
防御専門のドM女騎士。
実は大貴族のお嬢様。
めぐみん
職業 アークウィザード
紅魔族随一の天才。爆裂
魔法以外は興味なし。

ちょむすけ
クリス
銀髪盗賊団のお頭。
ダクネスの親友。
ゆんゆん
自称めぐみんのライバル。
ウィズ
アクセルの街でマジック
アイテム屋を営む店主。
平和主義者だがリッチー。

拝啓、紅魔の里の皆様へ

1

一体どうしたものだろう。

私がこのパーティーに加入してから、しばらくが経つ。

なぜか他の冒険者パーティーに敬遠されていた私だったが、こうして迎え入れてくれた事はありがたい。

ありがたいのだが……。

「おいめぐみん。今日の仕事は漁師さんのお手伝いだ。お前の魔法の衝撃波で、魚を気絶させて獲るぞ」

「またそんな仕事ですか！　私の魔法を何だと思っているのですか！」

「そうは言ってもお前、爆裂魔法を土木工事に使う事には抵抗なかったじゃないか」

「うう……。あ、あれは、まだ何かを破壊するという目的があったからで……」

紅魔族一の天才と呼ばれた私に、バカな指示を出しているこの男の名はサトウカズマ。

この人は、私の魔法の威力を怖がったり、使い道を持て余したりといった事はないのだが……。

「意味もなく無駄に魔法撃つよりはいいだろ。どうせ今日も『一日一爆裂』とかいう、頭の悪い日課をこなすんだろ？　普段人様に迷惑しか掛けないお前の魔法が、漁師のおっさんを喜ばせるんだぞ？　選択の余地なんてないだろうが」

「頭の悪い日課だとか言わないでください！　この私の魔法を、魚獲りに使うだとか……！　良いですか？　私はこう見えて、紅魔族随一の天才と呼ばれた……」

「はいはい、ほらとっとと行くぞ。もう依頼の前金使っちゃったんだよ。今更断る事なんてできないからな」

「せめて口上は最後まで聞いてください！　この私が、こんな適当な扱いを受けたのは初めてですよ！」

この男と行動を共にする様になって一週間以上が経つが……。

私に向けて、こんなにズケズケと物を言い、紅魔族の扱いも雑な人は初めてだった。

「――あっ！　来たわねめぐみん、遅いわよ！　見てよ、魚がいっぱいいるわ！　ほらやっちゃって！　いつものでどーんってやっちゃって！」

カズマの後をついて湖に行くと、そこには既にアクアの姿が。このアクアという人も大概だった。

里一番と言われていた私を超える絶大な魔力を持ち、アークプリーストというレア職であり、なぜかまったく年上の感じがしないお姉さん。

と、同じくその場にいた、重い鎧をガチガチに着込んだ金髪のお姉さん、ダクネスが。

「これが魚獲りか……。漁とは、こうやって行うものだったのだな」

そんな、すっとぼけた事を言い出した。

この人が一番しっかりしてそうなのに、たまにこうして世間知らずな発言をする事がある。

しかし……。

「我が究極の奥義、爆裂魔法で魚獲り……。故郷の皆にはとても言えませんね……」

「ブツブツ言ってないでとっととやれ。依頼でもらった前金、もう使ったって言ったろ？その使い道って、お前が街のそばに作ったクレーターの、穴埋め工事の請求に使ったんだからな。もったいぶってないでとっとと撃てよ欠陥魔道師」

「け、欠陥魔道師！」

この男、物怖じしないで言うにもほどがある！

いいでしょう、全開の爆裂魔法の威力をその目に焼き付けてあげましょうか！

呪文を唱えだした私に向けて、カズマがはたと気づいた様に。

「あ、そうそう。杖は持つなよ。威力抑えめでいいから……」

と、何かを言い終わるより先に、私の魔法は完成していた。

「『エクスプロージョン』――！」

「おまっ！　湖に直接、全力で放ってどうすんだ!!　衝撃波で魚を獲るって言ったろ！　誰が魚を粉砕しろっつった！」

――魔力を使い果たし、カズマにおぶわれながら街へと帰る。

今までに組んだ他の冒険者達は、この作業を嫌がっていたのだが、カズマは文句の一つも言わず背負ってくれる。

魔法を使うと必ず動けなくなる私にとって、その点だけはこのパーティーに入った甲斐があったというものだ。

この男も、口は悪いがそんなところは……。

「おい、おんぶしてもらうのが少しでも悪いと思うのなら、もうちょっと胸を押し付けてみたらどうなんだ。無いものねだりだってのは分かってるんだが、こう、もうちょっとサービス的なね……？」

前言撤回。

私は、一体何を血迷ってこのパーティーに入ってしまったのだろうか。

というか、これだけ自分を我慢しない人というのも珍しい。

確か他国から来たと言っていたが、その国の文化なのだろうか。

それとも、一人っ子か何かで甘やかされてきたのだろうか。

「まあ、一応は規定の数の魚は獲れた。依頼は無事完了とみていいだろう」

長い髪を湿らせたダクネスが、籠に入った魚を背負って言ってくる。

そして最後尾では……。

「うっ……、うっ……。生臭いよう……、生臭いよう……」

一人、魚の異臭を放つアクアが泣いていた。

爆裂魔法で湖に大波が発生したのだが、アクアは一人、『私は水に強いから大丈夫よ！』

などとドヤ顔でその場に残り、爆裂魔法でミンチにされた、魚汁混じりの波を浴びて今に到る。

しかしなんというか、随分と間の悪い人だ。

腕は確かだしステータスも高い上、黙っていれば凄い美人なのに——

2

「今日の仕事は、畑で養殖されていた隠密ダコの駆除だ。ベテランのタコ農家の人が引退してしまい、新しく任された駆け出し農家がタコに逃げられ、野生化されてしまったらしい」

今日はやけに軽装のダクネスが一枚の紙を手に言ってきた。

と、その言葉にカズマが待ったと手を挙げる。

「ちょっと待ってくれ、今おかしな事言ったろ。まず、『畑』で養殖されたタコって何だ。あと、農家の人がタコを育てるってのも意味が分からんし、そもそもタコが地上で野生化するとか……」

「他に質問はないな、よし、では行くぞ！　野生化した隠密ダコは森の中らしい！」

カズマが質問を終える前に、ダクネスがそれを遮り歩き出す。

心なしかダクネスの足が、浮かれているかの様に軽いのだが……。

「ていうかお前、なんで今日に限ってそんなに軽装なんだよ。タコ相手なら苦戦する事もないだろうが、一応鎧は着てこいよな」

「うむ、断る」

ダクネスはキッパリと即答すると嬉々として先頭を行く。

「ねえダクネス、何だかウキウキしてないかしら？　あっ、分かった！　タコを捕まえたら一匹食べる気ね！　ねえダクネス、私、タコ足が好物なの。胴体や頭の部分はあげるから、タコ足は多めにちょうだい？」

「アレを食べるだなんてとんでもない！　アレは、食べる以外にもっと有意義な使い道が……！」

「お前らそろそろ緊張感持てよ。ほら、森が見えてきたぞ」

騒がしい三人の後をついていくと、街の近くの森に差しかかる。

野生と化したタコは警戒心が強く、気配を消して茂みに隠れ、獲物の隙を窺うらしい。

「おいダクネス、そんなホイホイ先に行くなよ。俺が敵の気配を感知するから、安全を確認した後に続けよ」

「お前は何を言っているんだ。気配を感知し、安全を確認されてはタコの奇襲を受けられないではないか」

「お前こそ何を言っているんだ」

二人がそんな会話を交わしていた、まさにその時だった。

「⁉　おい、敵感知スキルに反応が！　そこだ、そこの茂みに気を付けろ！」

「よし分かった、任せとけ！」

「そこの茂みに気を付けろって言ったんだよ、誰が突っ込んでいけっつった‼」

茂みに突っ込んでいったダクネスに、突如として何も無いところから触手が現れた。

いや、それは茂みに擬態し、周囲の景色に溶け込んでいたのだろう。

なるほどと、隠密ダコという名前に一人納得する。

茂みの色の擬態を解き、赤茶色の姿を現した隠密ダコが、ダクネスを搦め捕ろうと触手を伸ばし――

「ああっ！　しまった、罠か！」

「お前は本当に何言ってんだ！　罠かじゃねえよ！　そこの茂みにいるっつったろ！」

まんまと触手に捕らえられたダクネスは、なぜか嬉々とした声を上げジタバタともがいていた。

「おのれタコの分際で、この私に触るんじゃない！　や、やめろお！　その汚らわしい触手で服の中を弄るんじゃ……こ、こらっ！　締めあげるだけじゃなくちゃんとしろ！　その意味も無くヌルヌルの触手は一体何のためにあるのだ！」

「少なくともお前を喜ばせるためじゃないのは確かだな！　ああもう、コイツどうしたら！」

ショートソード片手に、ダクネスを締め上げるタコに斬りかかろうかどうしようかを悩むカズマ。

その傍らでは、燃えやすそうな枯れ木を集めるアクアが、隠密ダコが倒されるのをソワソワしながら待ち構えていた。

どうやら退治された直後の新鮮なところを美味しく頂くつもりらしい。

「なあダクネス、一応聞くが、助けた方がいいのか？　それとも小一時間ほど放置して、後で迎えに来た方がいいのか？」

「お、お構いなく……。……ッ!?　おいカズマ、大変だ！　このタコ、私の服の繊維を捕食している！　ちょ、ちょっと待ってくれ、野外でいきなりこんなハードなのは……！」

「…………」

「カズマ、おいカズマ！　そこで正座してジッと見守るのは止めろ！　おい、もういいぞ、助けてくれ！　このタコを止め……！」

「ッッ!?　こっ、これは!?　おい、このタコ分かってるじゃないか！」

「凄いわ！　ねえダクネス、タコが人肌の色に変化したわよ。そのまま服を溶かされていくと、もうダクネスの肌色なのかタコの肌色なのかが分からなくなってきて……」

「だな、もう既に、なんか凄くエロい事になってきてる」

「助けてくれ！　わ、私が悪かった、もうタコを使ってのプレイはしない！　このままでは取り返しのつかない事態になってしまう！」

「その、取り返しのつかない事態とやらを詳しく」

触手に搦め捕られて喚くダクネスと、それを正座したまま見守るカズマ。

……どうも、ダクネスというこのお姉さんもどこかズレた人らしい。

こんなに綺麗な人なのに、最初に抱いたクールそうな女騎士というイメージを返して欲しい。

「ああっ、こ、この私は、しょ、触手なんかに負けたりしないっ！」

「そうだ、その調子だダクネス！　……お、おいアクア、止めろ！　ダクネスはまだ頑張れる、お前その包丁で何するつもりだ！　後でたこ焼き奢ってやるから良いところで邪魔すんな！」

紅魔の里はおろか今までの旅の間に、実に色々な変わった人達と出会ってきたが。

そんな私の勘が、この人達はその中でもとびきりのキワモノだと告げていた。

本当に、この人達についていっても大丈夫なのだろうか……。

3

　さて、今日はパーティーの皆で決めたクエストがお休みの日。

　お休みのはず、なのだが……。

「……カズマ。どうしてついてくるのですか？」

「どうせ一日一爆裂とかいう、あの頭のおかしい日課をこなすんだろ？　街の外で魔力切れで倒れられて、それでカエルに食われても困るし。暇だし、このまま付き合うよ」

「頭のおかしい日課というのはやっぱり引っ掛かりますが、ついてきてくれるなら助かります。ですが、魔法を使うのは一日の終わりですよ？　でないと、その後ずっと大人しくしなくてはいけないので」

「分かったよ。それじゃどこ行く？　魔法を使うまで、何か予定はあるのか？」

　口は悪いしセクハラが多い上に時々おかしなセリフを口走る事があるが、根っこのところは良い人の様だ。

「それでは、ペットショップに行ってもいいですか？　この子に首輪を買ってあげようかと思うのです」

そう言って、私は足下をちょろちょろしていたちょむすけを抱き上げた。

「その毛玉、前々から気にはなってたんだよな。いいよ、それじゃあ……」

行こうか、と。

カズマが言いかけたその時だった。

横合いから、抱いていたちょむすけを何者かが引ったくる。

「なっ⁉」

ちょむすけを奪った相手は、身長と体格からして恐らくは男性だろう。

だが、フードを目深に被り顔が見えない。

突然の事だが相手が何者か見当はついた。

荷物ではなく、あの毛玉を欲しがるという事は……！

「おいこらお前、猫なんか拉致ってどうする気だ！　その貧相な猫は見ての通り、どう考えても雑種だと思うぞ！」

「ひ、貧相だの雑種だのと失礼な！　貴様、この御方をどなただと……！」

カズマの叫びに返された言葉を聞いて、改めて確信する。

アイツは間違いなく……！

と、ちょむすけを抱えて駆け出した男に向けて、カズマが街に轟く大声で。

「猫さらいー！　誰かそいつを捕まえてくれ！　その男は変質的な獣マニアだ、ウチの猫が大変な目に遭わされる‼」

「バ、バカッ！　俺が、この御方にそのような事をする訳が……！」

律儀に言い返してくる男の前に、カズマの叫びを聞いた街の人々が立ち塞がった。

きっと相手の素性や正体を知らないからなのだろうけど、この男、一切の躊躇も無く一般人を巻き込むとは。

これは機転が利くと言っていいのだろうか……。

「クソッ、こんなはずでは……！」

道を塞がれたフードの男が、ちょむすけを抱いたまま裏路地に向かう。

その先は、確か街の広場に出るはずだ。

「カズマ、ここは二手に分かれて先回りするべきです！　片方がこのままあいつを追って、もう片方が広場に行くというのはどうでしょうか！」

「わざわざ分かれなくても、ここは俺に考えがある」

告げると同時、カズマが声を張り上げた。

「ああああ！　あいつ、ギルドで指名手配されている賞金首モンスターだ！　人に擬態するのが得意で、戦闘力は皆無なヤツだ！　おい、どいてくれ！　あいつは俺が捕まえる！　賞金は俺のもんだ！」

「!?　な、何を言って……」

カズマの言葉に一瞬（いっしゅん）反論しようとしたその男は、住人達の視線に気が付き後退（あとずさ）る。

「捕まえろ！　賞金首だ、捕まえろ！」

「おい待てよ、山分けだろ！」

「お願い、私に譲（ゆず）って！　今月とっても厳しいの！」

「あっ！　路地に逃（に）げるぞ、追いかけろっ！」

これは酷（ひど）い。

人々に追いかけられ、フードから覗（のぞ）く口元を引き攣（つ）らせた男は、慌（あわ）てて路地へと逃げ込んだ。

「よし、後は広場に先回りして俺の潜伏（せんぷく）スキルを使って待機だ。出てきたところを不意討（ふいう）ちするぞ」

この男、こういう嫌（いや）らしいところは抜（ぬ）かりがない。

……何だか相手が気の毒に思えてきた。

4

広場に着くと、おかしな状況になっていた。

「おい、俺から離れろ！　この女の命がどうなってもいいってのか！」

ショートカットしたにもかかわらず、なぜか男が先に着いていた。

これで確定だ、この男は人間じゃない。

ただの人間の身体能力ではこの短時間でここに着くことはありえないだろう。

「なんて事！　ダクネスが、突如現れた暴漢に……！　……ねえダクネス、私はどうしたらいい？　誰か呼んでこようか？　それとも、ここでこのまま悲鳴を上げ続けてた方がいいのかしら」

「いや、誰も呼ばなくても問題無い。ううむ、シチュエーション的には悪くないのだが……。なんというか、脅しとしてはナイフよりも、仲間を人質に取られて仕方なく屈するという形の方がいいな。こんなチャチなナイフでは緊迫感が……」

目の前では一体何がどうなったのか、男に羽交い締めにされ、喉にナイフを突き付けられたダクネスがいた。

ナイフを前に平然としたまま動じないダクネスを、アクアが危機感もなくのほほんと見守っている。

焦りもしない二人の様子に苛立ったのか、男はナイフを突き付けたままで。

「クソッ、クソッ！　どうしてこうなった、ウォルバク様を素早くかっさらって、後は俺の足で逃げ切る予定が……！」

今、確かにウォルバクという単語が出た。

やはりこいつは、アーネスやホーストといった連中の仲間だったらしい。

羽交い締めにされていたダクネスが、どうやら私達に気付いた様だ。

「カズマ、めぐみん！　不覚を取った！　この男、ナイフで脅して私から抵抗力を奪い、その猛る欲望をぶつけようと……っ！　先ほどから、いかがわしい要求ばかり……!!」

「そんな要求はしていない」

男が困惑しながら即答するも。

「くうっ、カズマ、めぐみん！　この私の事はいいから放っておけ！　大丈夫だ、たとえこの身を好き放題に弄ばれようとも、クルセイダーとしての誇りだけは好きにはさせないっ！」

「い、いやだから、俺はそこのヤバそうな力を持つアークプリーストに、おかしな真似をするなよと言っているだけで……！」

言いがかりをつけられていた男は、口元をへの字に歪め、今にも泣き出しそうになっている。

「おい、お前何考えて猫なんてさらったんだよ。自慢じゃないが俺達に金なんか無いぞ？　そんな事も分からないくらいに切羽詰まってたのか？　ほら、お昼に買ったサラミやるから、これで勘弁してくれよ」

説得か挑発かよく分からない事を言いながら、カズマが手にしていた齧りかけのサラミを差し出した。

それを見て、男はカッと頭に血を上らせ。

「貴様ら、いい加減に……！」

「『スティール』！」

男が怒鳴りつけるのと同時、カズマが窃盗スキルを発動させた。

運だけは良いと自負している、カズマが手にしていた物は……！

「バカな！　お前みたいなヤツのスティールで、この俺が武器を盗まれるだと……!?」

確か、このスキルはレベルの高い相手にはなかなか効きにくいはず。

それでも都合良くナイフを毟り取ったという事は、私の思っている以上にカズマは強運なのかもしれない。

「なんだ、これで終わりか……」

一人残念そうなダクネスが、未だ男に羽交い締めされながら息を吐いた。

「……く、くく……」

と、男が小さく笑い出す。

「くく、くはははははは！　アーネス様やホースト様が任務に失敗なされる訳だ！　面白い、実に面白い！」

と、突然そう言いながら、男は被っていたフードをはね除けた。

「そう、この俺は邪神ウォルバク様に仕える……」

そして、魔族特有の獣の様な黄色い瞳をし、一本の角を生やした、

「『エクソシズム』ー！」

「ッギャーー!?」

名乗りを上げようとしていた魔族っぽい男が、空気を読まないアクアの退魔魔法を受け、ダクネスを羽交い締めにしたまま転げ回った。

……なんというか、この状況でも人質を放さないのは見上げた根性だ。

「ここ、この女！　こっちには人質がいるんだぞ！　次に何かやったら、コイツの命は無

いものと思えっ！」

男はダクネスの腕を摑んで涙ぐみながら、鋭い爪をちらつかせて立ち上がるが……。

「やってみろ」

ダクネスが、ポツリと言った。

「……へ？」

「へ？　ではない。やってみろと言ったのだ。貴様は悪魔族だったのか。敬虔なるエリス教徒としては、これ以上悪魔である貴様と遊んでいる訳にもいかなくなった。このまま捕らえさせてもらうとしようか」

ダクネスが突如真面目な顔で言いながら、逆に男の腕を摑んだ。

「なっ……⁉　こ、この……っ！　どいつもこいつもバカにしやがって……！」

男は目を血走らせ、その爪をダクネスへと振り下ろした。

……が、その一撃を受けたダクネスは、顔を顰めながらも平然と。

「いたた……。おい、もうちょっと気合いを入れろ！　もっとこう、ズガッと脳髄の奥まで響くぐらいの一撃をだな……」

「なな、何だこの女は⁉　なんて面の皮が厚いんだ、鉄でも食ってんのか⁉」

それを見て、攻撃を放った男の方が悲鳴を上げた。

「こ、こらっ！　これは防御スキルのおかげであって、私の面の皮は関係ないぞ！　取り消せ！　なんて防御スキルなんだと言い直せ‼」

傷ついたのか、ダクネスが泣きそうな顔で男に食って掛かる中。

「どうやら人質も意味をなさない様ね！　悪魔風情がこの私の前に現れた事、後悔させてあげるわ！」

勝利を確信したらしいアクアが、退魔魔法の詠唱を開始した。

先ほどよりも呪文が長いという事は、強力な退魔魔法を放つつもりで……。

と、男が背負っていたリュックから、ぐったりとしたまま動かないちょむすけが顔を覗かせている。

地面を転がったりリュックに入れられたまま連れ回されたりで、目を回しているのだろうか？

……いや、もしかして。

「さあ、覚悟はいいかしら？　今度のはさっきのなんかよりとびきり強烈だからね！」

「ち、畜生、こんなところで……っ！」

アクアが先ほど放った退魔魔法が、ウチのちょむすけにも効いていたのだとしたら？

「ア、アクア、その魔法は待ってください！　お願いします、この悪魔とはちょっとした因縁があるのです！　できれば私に決着を付けさせてください！」

「えー？　まあいいけど。その代わり、悪魔なんて穢らわしい存在は欠片も残しちゃダメよ？　ちょっとでも残しておくと、カビみたいにそこからすぐ増えるからね？」

私の呼び掛けにアクアがすんなりと応じてくれるが。

「増えるかっ！　……へへ、しかしそういう事か。助かったぜ、つまり、お前らに対しての人質は……！」

「あうっ⁉」

男は、もう用はないとばかりにダクネスを突き飛ばすと、背負っていたちょむすけ入りのリュックを掲げ。

「さあ、ここを通してもらおうか！」

そのまま、ジリジリと広場から離れようとしていく。

マズイ、ここを出られて街中に逃げられると、通行人が邪魔で私の魔法は使えない。

仕留めるのなら、この場所しかないのだが……。

「おい、めぐみん。アイツは結局なんなんだ？　厄介事を持ってくるのはアクアだけにしといてくれよな」

どうしようかと悩む私に、隣にいたカズマが囁いた。

「す、すいません、巻き込んでしまって……。アイツの狙いはどうやら、私の猫の様でして……」

アクアやダクネスに弄ばれているが、実際にはあの悪魔は、相当に危険な相手だ。

そんなヤツとの諍いに、この人達を巻き込んでしまった。

軽く落ち込む私に、カズマが片手をワキワキさせて。

「しょうがねえなあ。お前は爆裂魔法を唱えてろ。合図をしたらトドメは任せたぞ」

「えっ？」

カズマの言葉に顔を上げると。

「えじゃない。お前はウチの火力担当だろうが。お前が締めなくてどうすんだ」

キョトンとしていた私に、そんな、胸の奥が熱くなる事を言ってくれた。

どうしてだろう、なぜこんな言葉一つが、これほどにも嬉しいのだろうか。

私はカズマの言葉通り、爆裂魔法を唱えはじめる。

「おいこら、怖い顔して猫好きのファンシー悪魔！」

……ああ、そうか……。

「だ、誰がファンシー悪魔だ！　この方はな、ただの猫では……」

「隙あり！　『スティール』ッッッ！」

「ああっ！？　し、しまっ……！？」

自分の意志ではなく、誰かに指示されて爆裂魔法を使うのは初めてなのだ。

ネタ魔法と言われ続けた爆裂魔法。

それを、必要としてくれる人達がここにいた。

「ひゃっはー！　おい、猫さらいの悪魔！　二度も隙を突かれてスティール食らった今、どんな気持ち？　ねえどんな気持ち⁉」

言いながら、カズマはスティールで奪ったリュックを頭上に掲げ挑発していた。

「プークスクス！　あれだけ勝ち誇った顔してたのに、アッサリ猫を奪い返されてるんですけど！　やっちゃって！　さあめぐみん、どーんとやっちゃって！」

更に追い撃ちをかけるのは、遠巻きに見ながらクスクス笑っていた、悪魔やアンデッドには神懸かり的な攻撃力を発揮する変なお姉さん。

「やれ、めぐみん！　遠慮するな！　悪魔なんぞぶっ殺してやれっ！」

さり気なくアクアを庇う位置に立ち、物騒な発言をしている、異常なまでに堅い、どことなく世間知らずなお姉さん。

そして……。

「ふはははははは！　おい悪魔、お前の最大の敗因は、この俺が居合わせた事だ！」

「ち、ちくしょーっ！」

悔しがる悪魔に指をさし嬉々として勝ち誇っているのは、自分だけが唯一まともだと思い込んでいる、このパーティーの中で一番変な少年。

……きっと、このパーティーにいる限り、これからも苦労するのだろう。

そして私も、皆に迷惑を掛けるのだろう。

高レベルでもなく、格好良くもなく。

強くもないし、頼りがいだってない人達だけど……。

「さあめぐみん！　やっちまえっ!!」

――拝啓、紅魔の里の皆様へ。

今まで、ずっと一人だった私ですが。

「『エクスプロージョン』――ッッッ!!」

居心地のいいパーティーを見つける事ができました。

そうだ、異世界へ行こう！

1

ポカンと口を開けためぐみんが、掠れる声で呟いた。

「な、なな……なんなのですかここは……！」

今の時刻は丁度通勤の時間帯。

クラクションの音が響く度に、めぐみんがビクッと震えるのが面白い。

「カ、カズマ！　小型のデストロイヤーみたいなヤツが、向こうから迫ってきているぞ！　辺りの住人に避難を呼びかけないと！」

キョロキョロと辺りを見回していたダクネスが、遠くから徐行してくる大型トラックを見て声を上げる。

そんなダクネスに、落ち着けとばかりに余裕たっぷりのアクアが言った。

「まったく、これだから田舎の子は。二人とも少しは落ち着きなさい？　あの大きいのは『とらっく』っていってね。ああ見えて持ち主の言う事はちゃんと聞く、大人しい性質を持つモンスターよ」

知ったかぶって偉そうに言っているが、どことなくズレている。

コイツはこの世界の事を知っているというだけで、科学技術なんかはそこまでちゃんと理解していないのかもしれない。

「二人とも。私がこの世界について、色々教えてあげるからね！」

……そう。今、俺の目の前には。

俺が子供の頃から散々見慣れた、日本の街並みが広がっていた。

――それは、ポンコツ商品ばかり扱う魔道具店の主、ウィズによる一言から始まった。

「皆さん、これを見てください！　今回仕入れたこの商品は凄いんですよ！」

ウィズが手にしていたのは何の変哲もない小さな箱。

一見しただけでは何がどう凄いのか分からないのだが……。

「なーに、それ？　どうせいつもみたいに、どうしようもない副作用がある魔道具なんでしょ？　最近はお金にも困ってない事だし、本当に良い物なら買ってあげるわよ？」

店内のポーション瓶の蓋を勝手に開け、臭いを嗅いで顔を顰めていたアクアが言ってきた。

それを聞いたウィズは、待ってましたとばかりに嬉々として。

「これは、異世界に行く事ができる転移の魔道具なんです！」

アクアの隣で魔法のスクロールを眺めていためぐみんが、それを聞いて首を傾げ。

「異世界ですか？　それは、魔界とか天界とか、そういった所でしょうか？」

「いえ、それがどういった異世界かは良く分からないんですよ。もしかしたら、凄く危険な場所なのかも……。なにせその異世界については、名前以外の記録がほとんど無いもので……」

と、一瞬申し訳なさそうな表情を浮かべたウィズは。

「でも、異世界ですよ!?　凄くないですか!?　ワクワクしませんか!?　これの説明を聞いた時には、一も二もなく飛びつきましたよ！」

一転して表情を輝かせると、勢い込んで言ってきた。

「……で、その魔道具にはどんな副作用があるんだ？」

俺の呟きに、ウィズがビクリと身を震わせ。

「……実は、異世界に行けるのは、ほんの十二時間ほどでして……」

気まずそうに目を逸らすウィズだが、それはつまり、渡った先の異世界が危険な場所だったとしても、十二時間生き延びれば帰ってこられるという事だ。

それなら、デメリットというほどでも……。

「あと、異世界に行って帰ってくると、向こうでの記憶を失います」

「おい待て」

それはダメだろう。

「つまり、本当に異世界に行けたか分かんなくなるのか？ その魔道具を使ったら異世界に行って、そして、帰ってきたら記憶を失ってるんだろ？ 体感的には、その箱を開けたら十二時間経ってましたって事になるのか？ ……それ、蓋を開けたら十二時間ほど気を失う詐欺アイテムじゃないのか？」

「ち、違います！ この箱からは、確かに強い魔力を感じるんです！ な、なので、カズマさん！ 最近羽振りが良いらしいカズマさんにお願いがあるのですが……！」

「要らない」

「おおお、お願いします！ 勝手に仕入れた事を知られると、またバニルさんに怒られるんです！ 赤字を出すと、その穴埋めができるまで、食事が砂糖をまぶしたパンの耳になるんです！ もう嫌なんです！ たんぱく質が食べたいんです！ お願いします、仕入れ値の半分でも良いですから！」

泣きついてくるウィズに、俺の隣にいたダクネスが同情の眼差しを向け。

「お、おいカズマ、買ってやれ。大金を手にしてからのお前はどうにも引き籠もりがちだ。ちょっとは金を消費して、冒険者らしくクエストに出掛けるぞ」

「断る。とりあえず今ある金を節約して、三年は仕事しないでいるつもりだからな。大体、その異世界とやらがどんな世界かも分からないんだろ？　もしかしたらとんでもなく危ない世界かもしれないし」

「うう……。た、確かに、転移先の世界の名前が、『ニホン』だという事しか分かっていないのですが……」

「買う」

俺はウィズに即答していた。

2

——そんな訳で。

屋敷に戻った俺達は、早速その魔道具を使ってみたのだが……。

「カズマカズマ！　あの人を見てください、誰もいないのに、しきりに何かに向けて話し掛けていますよ！」

「こ、こらっ、指をさすな、怒られるぞ！　アレは携帯電話って呼ばれる、遠くの人と話せる魔道具みたいな物なんだよ！」

と、異世界人のテンションが異常だった。

めぐみんとダクネスが落ち着きなく辺りを見回し、多少は日本の知識があるアクアだけがそんな二人を微笑ましく見守っている。

「アクア、この世界がカズマの出身地だというのは本当か!?　そこかしこにモンスターが駆け回っているが、これが街の中なのか!?」

ダクネスの言うモンスターとは、車の事をさしているらしい。

「怖がらなくても大丈夫よ。アレは『とらっく』の仲間で、ちゃんと人は避けてくれたりと、意外と賢いの。でも中には人に体当たりしてくる気性の荒いものもいるから、近付いちゃダメよ？」

……色々とツッコみたいがとりあえず、帰る時間ギリギリになるまで暇を潰さなければならない。

具体的には、俺が家族に見つかってもすぐに異世界に帰れるその時まで。

俺には、自分の家の中でやり残した事があるのだ。

「──カズマさんカズマさん。お金は持ってる？　無いならエリス金貨をそこらのお店に持っていきましょうよ。日本だと、金は高値で売れたわよね？」

「ま、待てよ。俺みたいなガキが、換金ショップに金貨なんて持っていったら怪しまれるだろ。というか、事故に遭う前に持ってた財布に多少は入ってたはず……」

そう言って取り出したのは、俺が死ぬ前に持っていた日本製の財布。

中には、ヨレヨレになった千円札が四枚と小銭が少々。

「ほら、一人千円ずつな。貨幣価値は千エリスってとこだ。買える物はたかがしれてるけど……。そういや、ここで買った物は持ち帰れるのかな？」

「どうなのでしょうか？　持ち帰れないのだとしたら、お金を無駄にしてしまいます。カズマからもらったお小遣いは飲食代にしましょうか」

俺が渡した千円札を、大事そうにしまっためぐみんが言ってくる。

「うむ、せっかくなのだから、普段味わった事のない物を食べたいな！」

「ねえカズマさん、私、フランス料理とか食べてみたいんですけど。……そこで、良い考えがあるの。ほら、どうせ私達は十二時間後には帰れるんでしょう？　なら、思い切って『えーてぃーえむ』にスティールを……」

「それ以上言うな！　お前、俺に何をやらせようってんだこらっ！」

こいつ絶対女神じゃないだろ！

「――なかなか悪くないな。パンも柔らかいし、店員の対応もすこぶる良かった。これでこの値段というのは驚きだな。ただ、手掴みで食べるのは慣れないのだが……」

「この黒い飲み物、口の中でショワショワと爆裂しているのですが。飲み込んでしまっても大丈夫なのでしょうか？　お腹が破裂したりしませんかね？」

有名ファーストフード店のセットを興味深げに食べる二人。

俺にとっては懐かしの味だが、一人、アクアだけは……。

「この私がハンバーガーだなんてどういう事なの？　まったく、この私がポテトだなんて……。……ねえカズマ、ポテト残すならちょうだい。これ、ちょっと後引くわね」

満更でもなさそうだ。

「ところでカズマ。これからどうするのだ？」

……さてどうするか。

俺が日本でやり残した事を済ませるまでには、まだ時間を潰さなくてはならない。

俺は三人の服装を改めて見た。

アクアはといえば普段通りの服装だ。

ちょっと奇抜かもしれないが、これはまあいい。

ダクネスに関しては、鎧は脱がせ、大剣も置いてこさせた。

タイトスカートに黒タイツ、それに合わせて胸元の大きく開いたワイシャツという、色気たっぷりではあるが、まあOLといっても通じる格好だろう。

問題は……。

「どうかしましたか？　私の服に何かついてます？」

いつもの格好で杖を手にしためぐみんだ。

ワンピースか何かにしろと言ったのに、せっかくの異世界行きなら正装がいいと駄々を捏ねたのだが……。

俺はといえば、事故に遭った際に着ていたジャージ姿なので問題無い。

しかし、こいつらを連れてもあまり目立たない場所はというと……。

『――秋葉原ー。秋葉原ー』

「カズマ、今アキハバラと言ったぞ！　確かに聞こえた！　ここだろう？　私達が降りるのはここのはずだ！」

「私も確かに聞きましたよ！　ほらダクネス、『デンシャ』の口が開きましたよ、再び閉まる前に飛び出すのです！」

……は、恥ずかしいっ！

異世界人の二人が電車内で大声を出すのを、周囲の人達は我関せずと、見て見ぬフリをしてくれている。

　ああ、ここが日本で良かった……。

「もう、二人ともはしゃぎ過ぎよ？　電車が珍しいのは仕方ないけど、もっと優雅に……」

　駅員の笛が鳴り、ギリギリで降りたアクアの羽衣の端が電車のドアに挟まれた。

「わあああああああ！　カズマさーん、カズマさーん!!　私の神器が食べられたんですけど！　助けて！　この大きいのをやっつけて！」

　もう、本当に恥ずかしいっ!!

「——危ういところだったなアクア。エキインという方がモンスターを宥めてくれなければ、あのまま食われていたかもしれんぞ」

「まったくだわ。あのおじさんには、何かお礼をするべきかしら」

「一見普通のおじさんに見えたのですが、この世界の人は侮れませんね。モンスターテイマーの方でしょうか」

　俺の後をついてくる三人が、そんな謎な会話を続けている。

　あまり大声でバカな話をするのはやめて欲しいのだが……。

「何にせよ、めぐみんとダクネスにも感謝するわ。電車の口を開けようと頑張ってくれたものね。いいわ、私のお小遣いで、美味しい飲み物を奢ってあげる！　この箱にお金を入れると、冷たい飲み物が出てくるのよ！」

なぜか自慢気に胸を張るアクアだが。

「何だこれは？　一体どうなっているのだ」

「それは、転移の魔法でも使っているという事でしょうか？」

説明を聞き、自販機を前にしげしげと観察する二人。

「これは、『じはんき』って言ってね。お金を受け取った中の人が、即座に商品を出してくれるのよ」

どうもコイツはからかい半分でバカな事を吹き込んでいるのではなく、本気で勘違いしているらしい。

「それは流石に嘘でしょう。こんな箱の中にずっと閉じこもれるはずがありませんよ」

「うむ、大体どこから入るのだ。ドアらしき物が付いていないぞ」

流石に疑念を持ったらしい二人の前で、アクアが自販機にお金を入れる。

「イラッシャイマセ」

「「喋った！」」

喋るタイプの自販機だったらしい。

アクアが目当てのジュースを買うと、ゴロンという排出音と共に再び声が。

「アリガトウゴザイマシタ」

「あなたこそ、この暑いのにそんな所でご苦労様」

「アクアすまん、疑って悪かった！　中の人、ご苦労様です！」

「ありがとうございます、お仕事頑張ってくださいね中の人！」

俺は、自販機と会話を始めた三人から距離をとり、他人のフリをした。


「ねえキミ、ちょっといいかな？」


男の声にそちらを見ると、ダクネスがホストみたいな男にナンパされている。

まあ、黙っていれば見てくれはいい連中だしなあ……。

助けてやるかとそちらに行くも、男は何かを話した後、ダクネスに名刺を渡して立ち去ってしまった。

「なんだ、ナンパにしてはアッサリ諦めてったな。何話してたんだ？」

なぜかニマニマしていたダクネスに問いかけると。

「ナンパじゃないわ、スカウトよ。あの人、私達に年齢を聞いて、ダクネスにだけ名刺渡して行っちゃったわ」

「アクアは頑なに年齢を言わなかったんですがね。私の場合、なぜか最初から見向きもされませんでした。ちょっとショックです」

スカウトとは凄いな。

「ふふ、見ろカズマ！　女優にならないかと誘われたのだ！　まあ、元の世界に帰ってしまうのだから引き受けるのは無理なのだが……。それでもやはり、悪い気はしないな！」

言いながら、満面の笑みを浮かべたダクネスが、俺に名刺を見せ付けてきた。

「……お、お前、これって……」

「カズマ、シー！　シーよ！　せっかくこんなに喜んでるんだから、このままそっと……」

「おい、どういう事だ？　あの男は女優のスカウトだと言っていたぞ。何か問題でもあったのか？」

「問題も何も……」

AV女優のスカウトでした。

——めぐみんが、とある店を見上げながら。

「カズマ、あの大きなお店はなんでしょうか。中から楽しそうな音楽が聞こえてきますが」

「ああ、ありゃゲーセンだな。遊技場って言えば分かるか？　まあ、ゲーセンといえば俺の庭みたいなもんだ。寄っていくか？」

「遊技場ですか！　ぜひ行きたいです！」

俺とめぐみんがテンションを上げる中。

「ねえダクネス、そろそろ機嫌直して？　確かにエッチなお仕事なんだけど、それでもスカウトされるっていうのは、それだけ魅力的だって事なのよ？」

「……でも、どうして私だけが名刺を渡されたのだ……。アクアやめぐみんも、十分魅力的で……。なのに私だけというのは……」

ＡＶ女優の仕事を説明され落ち込んでいたダクネスが、アクアに慰められていた。

ダクネス以外がスカウトされなかったのは、アクアは年が良く分からないし、めぐみんはどう見ても十八歳以下にしか見えないからだろう。

でも最大の理由は、ダクネスが無駄にエロい格好をしているせいだと思う。

「カズマ、大変です！　小人族が箱の中で無理やり戦わされています！　ちょっと助けてきますね！」

格闘ゲームの筐体を見ためぐみんが、杖を振り上げ画面を叩き割ろうとするのを慌てて止めた。

「アレは小人族でも何でもない。魔法か何かで映像だけが動いているとでも思っとけ」

めぐみんを宥めながら、約一年ぶりのゲーセン内を見て回っていたその時だった。

「ね、ねえキミ。それって誰のコスプレ？」

「クオリティ高いですね！　あの、写真良いですか？」

俺の後ろをついてきていためぐみんが、オタク風の男達に声を掛けられていた。

「コスプレって何ですか？　先ほど異世界からやって来たばかりなもので、この世界の常識が分からないのです」

サラッと異世界人だと暴露するめぐみんに、俺が慌てる間もなく。

「内部設定もちゃんとなりきってるんですね！　凄い！　ていうか、その魔法使いローブや杖なんかも、クオリティがヤバい！」

「ほう……。ま、まあ、このローブや杖は紅魔族の里の友人から頂いた物ですので、褒められるのは悪い気しないですね」

「紅魔族……。異世界ファンタジー物で、紅魔族っていうのが出てくるアニメって何かあったか？」

「今期アニメには無かったな。すいません、良かったら何のキャラか、名前教えて頂けませんか？」

オタク達に囲まれて、チヤホヤされるのが満更でもないのか、めぐみんがポーズをキメ。

「我が名はめぐみん！　紅魔族一の魔法の使い手にして、爆裂魔法を操る者！」

「おおおおおおお！　元キャラを知らないけど決めポーズも完璧ですね！　めぐみさんって言うんですか！　キャラの名前を聞いたつもりなんですけど、まあいいか」

「すいません、こっち目線ください！」

とうとう写真を撮られだしためぐみんはもう放っておこう。

見ればアクアやダクネスも、何かのゲームに没頭している様だ。

となれば……！

「──凄え……！　アイツ何者だ？　これで二十連勝だぞ」

「誰か、ヤツを止められる者はいないのか!?」

「あっ！　今度はパーフェクト勝ちだ！　本当に何者なんだよ！」

俺の後ろには見物客が。

そして、対戦相手側には人垣ができていた。

「カズマ、凄いですね！　皆が驚いていますよ！　この世界でのカズマはどれだけ強いのですか！」

俺の隣のめぐみんが、興奮した面持ちで尊敬の眼差しで言ってくるが……。

そう、格ゲーである。

久々で腕が落ちていないか心配だったが、結構通用するもんだ。

「よし、二十一連勝だな」

「凄いです！　ちょっとアクアやダクネスを呼んできますね！」

「待つんだ、ダクネスはいいけどアクアを呼ぶのはやめておいてくれ」

アクアに来られると格ゲーで強い事はあまり自慢にならないと暴露されてしまう。

流石に連勝し過ぎたのか、挑戦者が乱入を止め、俺のプレイの観察を始めた時だった。

「ちょっとお客さん、困りますよ！」

ゲームにいそしむ俺の耳に、警報と共に店員の大声が聞こえてきた。

「……どうせお前らだろうと思ったら、やっぱりか」

「あっ！　カズマ、良いところに！　この男が理不尽な文句をつけてくるのだ、見ろ、これを！　後少し、後少しで散々焦らしてくれたこのボールが落ちるのだ！　おのれいつまでも焦らしおって、どれだけメダルを使ったと思っている！」

「気持ちは分かりますが、台を叩いちゃダメですよお客さん」

どうやらダクネスは、落ち物のメダルゲームで遊んでいたらしい。

貴族の令嬢とは思えない短気ぶりを見せるダクネスに。

「理不尽なのはお前だよ。すいませんね、コイツ、外国から来てルールが良く分かってないんですよ。ほら、行くぞ」

「ああっ！　ジャックポットが！　あの球が落ちたなら、きっとジャックポットになる気がするのだ！」

「いいから来い！　カズマ、金を貸してくれ！」

あの手のゲームは、もうちょっと、後もうちょっとってとこで、上手い具合に落ちないようになってるんだよ！　……って、アクアはどこだ？」

「あそこです。ダクネスに引き続き、台を叩いてますね」

……こいつら、こんなんばっかりか。

「あっ！　カズマ、これ見てこれ！　もうちょっとなの！　もうちょっとで、これが取れそうなのよ！　ねえお願い、お金貸して！」

「お、お前もか……」

アクアがやっていたのは、キーホルダーを落とす、ＵＦＯキャッチャーの派生の様なゲームだった。

「ねえ見てよ、ペカチューよ！　ペカチューがいるの！」

「……いやこれ、バッタ物のポカチューキーホルダーだぞ」

「ねえお願いよ！　カズマさん、お金貸して！　もしくは代わりにこれ取って！　取ってくれたら、覚えている限りは感謝してあげるから！」

「元の世界に帰ったら記憶が無くなるって話だっただろうが！　それって即忘れるって事だよな!?　大体、取っても持って帰れるかは分かんねえんだぞ？　……たく、しょうがねえなあ。俺のゲームの腕を見せてやるよ！」

3

「ふう……。流石に遊び疲れましたね。カズマが、こんなに文明の発達した世界からやって来た人だというのは驚きです。まあ、異世界人だなんて言い出せば、普通はおかしな人だと思われますからね。でも私達には、もっと早く言ってくれても良かったのですよ？」

「うむ、まったくだ。元の世界に帰ったら、そこら辺の事に関しても話があるぞ。お前の過去をジックリ聞こうではないか。……しかし、私達が帰るまで後少しといったところか。カズマ、そろそろお前がやり残してきた事とやらを教えてくれないか？」

閑静な住宅街に佇む一軒家。

すっかり夜も更けた頃、俺はその家の様子を窺っていた。

ポカチューキーホルダーを腰のベルトに付けて、ご満悦のアクアが言った。

「あそこの家に空き巣に入るの？　なるほど、持ち帰れるかどうかは分からないけど、もし捕まっても大丈夫な時間に、お宝をかっさらおうって訳ね」

「ちがわい。あれは俺の実家だよ。ウチの家族は、大体この時間に寝静まるからな。この時間までずっと待ってたんだよ。俺は何の準備も前触れもなく、ある日突然お前らの世界に送られたからな。この世界から離れる前に、今度こそやっておくべき事があるんだ。という訳で、やり残した事を済ませてくるよ」

そう言い残し、俺は潜伏スキルで気配を消し、千里眼スキルによる暗視を使う。

ポストの裏には、万が一鍵を無くした時用に合い鍵が隠してある。

一年経っても、それは変わらず元の位置に置いてあった。

アッサリと家に侵入した俺は、音を潜めて二階の自室へと向かい……。

「変わってないな……」

俺の部屋は、死んだ時の状態そのままで保存されていた。

俺は、日本に戻ってきた本来の目的を果たすため、パソコンを立ち上げた——

「――よし、Ｄドライブの中身はちゃんと削除できた。パスワードが解かれた形跡も無かったから、パソコンの中身も見られていないはずだ。これでもう思い残す事も……？」

部屋の中を見回すと、埃が無いのに気が付いた。

そして、机の上には花が飾られ……。

……家族の顔が見たくなったが、それは魔王を倒し、この世界に帰ってきてからだ。

俺は持っていたエリス金貨を全部出し、それを机の上にそっと置こうと……。

……全部は置いてかなくてもいいか？

いやでも、生前は散々迷惑かけたし……、ああクソ、帰ってからまた稼げばいい！

そう、今の俺はこのくらいの金なんてすぐに稼げる男なんだ、こ、これくらい……！

と、エリス金貨を前に葛藤していると。

「ふ、ふざけるな！　どうしてこの私が商売女に見えるのだ！　貴様、ぶっ殺してやる！」

「き、キミ、止めなさい！　公務執行妨害になりますよ！　こんな時間帯にそんな格好でウロウロしていたら、怪しまれるのもしょうがないでしょう。どこの国の人ですか？　ビザは持っていますか？」

これはいけない、外でダクネスが職務質問を受けている様だ。

発言を聞くに、あのなんちゃってお嬢様は、不法入国の売春婦ではないかと疑われているらしい。

「しょうがありません、ここは必殺の爆裂魔法で辺り一帯を……！　……おや、この世界ではどうやら魔力の集まりが悪い様です。命拾いしましたね」

「な、何を言っているんだ君達は。ちょっと詳しい話を……」

「わ、私は何もやましい事はしてないわ！　『えーてぃーえむ』にスティールしようだなんて、アレはちょっとした冗談で……！」

どうしよう、凄く外に出て行きたくない。

……と、何だか自分の体が透けてきているのに気が付いた。

「な、なんだ⁉　ちょ、君達、体が……！」

家の外で、警官が慌てる声を聞きながら。

俺は机の上のメモを一枚破り、そこにサッと筆を走らせた。

『あなたの息子は、死んだ後も遠くで元気にやっています。このお金は使ってください』

メモの上にエリス金貨の詰まった袋を置くと、それと同時に目の前が――

4

「……あれ？　何だよ、蓋開けても何にも起こらねーじゃん」

「あら、本当ね？　何よ、つまんないわね」

屋敷の広間に集まった俺達は、異世界へ行けるというこの箱を開けてみたのだが……。

「異世界へ行った記憶は無くなるとの事ですが、どうなのでしょうか？　記憶に無いと、行ったのかどうかちっとも分かりませんね」

俺達が首を傾げる中、ダクネスが窓の外を見て声を上げた。

「ああっ⁉　おい、外が暗くなっているぞ！」

その言葉に外を見ると、蓋を開ける時は昼前だったのが、辺りは夜になっていた。

「て事は、一応異世界には行けたのか？　なら俺の事だ。ちゃんと任務は果たしてこれただろうな。いやあ、何か心残りが消えたよ。これなら高い金出して買った甲斐が……」

言いながら。

俺は、財布が軽いのに気が付いた。

慌てて中を確認すると、そこには……。

「おい、エリス金貨が一枚もねえ！」

「向こうの世界で換金して、使っちゃったんじゃないの？　こうなると、記憶に残らないのはちょっと残念ね。でも、何だか美味しい物を食べた気がするの！　きっとフランス料理か何かを食べたのね！」

アクアが呑気な事をほざく中。

「……？　なんでしょうか、カズマ達の重大な秘密を打ち明けられた様な。……気のせいでしょうか？」

「私も、何かカズマに尋ねなくてはいけない事があった気が……？　しかし私は、異世界で貴族の令嬢として振る舞えただろうか。まあ、あまり心配はしていないが……」

そんな二人の言葉を聞きながら、俺は頭を掻きむしり……！

「畜生！　せっかく後三年は働かないですむと思ったのに！　おいお前ら、明日は金になるクエストを探すぞ！」

「しょうがないわねえ。よく分からないけど何だかとっても機嫌が良いの。だから、たまにはカズマのワガママも、聞いてあげるわ！」

そう言って楽しげに笑うアクアの腰のベルトには。

どこかで見た事ある様な、パチモン臭いキーホルダーがぶら下がっていた――

この過酷な世界に祝福を！
探して下さい。
アクア

1

その日。

「ねえカズマ、見て見てー」

広間のソファーでゴロゴロしていた俺の下に、箱を抱えたアクアがやってきた。

「お隣さんからジャガイモをお裾分けされたわ。野生のジャガイモの群れに襲われたから、返り討ちにして捕まえたんだって。お隣のおじさんは元冒険者だったそうよ！　こんなに捕まえるだなんて凄いわね！」

そんな訳の分からない事を言いながら、箱に詰められたジャガイモを嬉々として見せびらかしてくるアクア。

そう、ここは異世界。

「俺、この世界の野菜大嫌い」

「好き嫌いは良くないわよ。子供じゃないんだから野菜も食べなきゃ」

野菜ですらが喰われてたまるかと必死に生き抜こうとする、とても過酷でろくでもない世界である――

「さあカズマ、食っちゃ寝ニートの数少ない活躍の出番がきたわよ」

「食っちゃ寝女神より出番が多くて嬉しいよ」

アクアが貰ってきたジャガイモは、ジャガバターにクラスチェンジする事になった。

転職を担当するのは料理スキル持ちの俺である。

「なあ、このジャガイモはちゃんと仕留めてあるんだろうな？　料理の最中に噛みついたりしないよな？」

「ジャガイモを何だと思ってるの？　野菜が噛みついたりするわけないでしょう」

このアホに呆れた顔をされるのは屈辱もいいとこだが、ちゃんとトドメを刺されているのなら問題ない。

料理の際に食材の奇襲を警戒しなければならないなんて、日本じゃ考えられない事だ。

俺はジャガイモの皮は残したまま、芽の部分に包丁を当て……。

「痛っ!?　痛たたたた！　何これ痛い！」

「ちょっとあんた何やってんの、ジャガイモを素手で触るだなんて危ないでしょ！」

青くなったジャガイモの芽を取り除こうと、芽に触ったら激痛が。

「おい、ちゃんと仕留めてあるんじゃなかったのかよ！」

「仕留めてあるじゃない。ジャガイモの芽には毒があるって知らないの？」

「知ってるよ！　だから芽を取り除こうとしたんだろ！」

これだから異世界は！

イモに触れただけで手が痛くなるなんて聞いてねえ！

「まったく、カズマはまったく。相変わらず常識を知らないあんぽんたんなんだから。ほら、癒やしてあげるから手を出しなさいな」

「俺はパーティーメンバーの中で一番常識人な自信があるぞ」

そこだけは譲れないとばかりに抗議しながら腫れあがった手をアクアに差し出す。

「『セイクリッド・ハイネス・ヒール』！　『ピュリフィケーション』！　『キュアーポイズン』！　……ほら、後は手をしっかり洗いなさい」

「なあ、たかがジャガイモの芽でなんでそこまで魔法掛けたの？　これ放っておいたら、俺どうなってたんだ？」

こいつがこれだけ魔法を連発するだなんて珍しい。

まるでこのジャガイモが、とてつもない猛毒みたいな……。

「……ジャガイモの調理は私がしておくから、カズマはお外で遊んできなさい。それか、めぐみんが庭で畑を弄ってるから手伝ってあげたら？」

「おい、放っておいたら死んでたのか⁉　俺ジャガイモに殺されかけてたのかよ⁉　晩飯にジャガイモが出ても食わねえからな！」


危険物の処理をアクアに任せ、俺は庭へと避難する。

そこでは鎌を手にしためぐみんが、生い茂る雑草を前に険しい表情を浮かべていた。

「今こそ我等が雌雄の時……。時は来た！　さあ、どこからでも掛かってくるがいい！」

俺は、中二病みたいなセリフを吐くめぐみんを温かい目で見守っていたダクネスに、

「おいダクネス、こういう頭の悪い遊びをほったらかすなよ。こいつ、これでも一応仲間なんだぜ？　名前がおかしいのは直しようもないけど、バカな事はやめろと叱るぐらい出来るだろ……」

俺はめぐみんを手伝ってやろうと畑に歩み寄りながら、ため息交じりに苦言を……。

「おいカズマ、迂闊に畑に近付くな！」

「は？」

苦言を呈しようとした俺が間抜けた声を発した瞬間、足下が弾け飛んだ。

「ぎゃー！　目がああああああ!!」

雑草が弾けた拍子に種が散らばりそれが目を直撃する。

「いきなり現れたかと思えば何をやっているのですかこの男は！　草狩りの邪魔をしないでください！」

両目を押さえて地面を転がり回る俺に向け、めぐみんの呆れた声が聞こえてきた。

「街中にある畑がいきなり爆発するなんて予想出来るか！　雑草のクセにバカにしやがって、除草剤撒いてやる!!」

目を赤く腫らした俺は身を起こしながら食って掛かる。

と、めぐみんがそんな俺から慌てて離れた。

それとは逆にダクネスが、なぜか嬉々として畑へ近付き……。

俺の股下の地面が盛り上がり、勢いよく弾け飛んだ。

「――ッツッツ!!　――ッツッツッツッツ!!」

両手で股間を押さえ地面を転がる俺に向け、ダクネスが残念そうに言ってくる。

「相手を目の前にして罵倒するとは大した度胸だが、そういうのはガード職である私の仕事だぞ？　人の楽しみを奪うのは止めて欲しいのだが……」

「ふ、ふざけんな……、ドＭのお前と一緒にすんな……。誰が好きこのんでこんな目に遭いたいと思うんだよ……」

安全圏まで転がった俺は弱々しい声で言葉を返す。

「コボルトに負けたりふぐで死にかけたりと色々あった俺だけど、さすがに雑草ごときに敗北するのだけは避けたいんだが……」

目と股間という急所への連続攻撃に、俺はヨロヨロと立ち上がる。

その言葉にめぐみんが、

「雑草ごときって、何をバカな事言っているのですか。畑の肥料を求めてどこからともなく現れ、身を削ってでも抜かれてたまるかという気概と、魔王城の壁の隙間にすら根を生やす生命力を持つのがコイツらですよ？　私は実家が貧しかったもので家庭菜園をしようと頑張ったのですが、子供の頃から何度も泣かされてきたものですよ。……いえまあ、この雑草ほど的確に急所を狙ってきたりはしませんでしたが……」

「お前も世知辛い人生送ってんなあ……」

この世界の生物は逞しい。

それは草木の一本に至るまで、全ての生き物が過酷なこの世界で生き抜こうと己の全てを振り絞っているのだ。

「――畑の雑草にいじめられてきた」

「日本ではまず聞けないフレーズね」

俺達が屋敷に戻ると、アクアがジャガバターを頰張りながら昼間から酒を飲んでいた。

飲んだくれ女神と中二病魔法使い、そしてドMクルセイダーに雑草に敗北する俺。

この世界に送られてきた俺の使命は魔王を討伐する事なのだが、このメンツを見るにそれ以前の問題だ。

そもそも俺達は冒険者を名乗りながら、この街から離れた事の方が少ない。

というか、冒険に出た日よりゴロゴロしていた時間の方が多い気さえする。

いつもなら何も考えずゴロゴロ出来たのだが、今日に限ってはなぜか色々考えてしまう。

このままじゃダメだ、冒険者としての本分に立ち返り、世界を脅かすモンスター共を駆逐するのだ。

別にその辺の雑草にすら負けた事がショックだったわけじゃないし、名誉挽回のためにモンスターいじめをしようというわけでもない。

この世界に来た直後の、あのワクワクしていた頃を思い出すのだ。

異世界に来てまでニートやってる場合じゃない。

「なあお前ら。突然だけどさ……」

そう。

「明日、久しぶりにクエストへ行かないか？」

俺はこの世界へ冒険をしにやって来たのだから。


——翌日。

「さあカズマ、早く準備をして行きますよ！ 今日は絶好の冒険日和です!!」

「ああ、まるで久しぶりのクエストを祝福してくれるかのような快晴だな！ 私達はすでに用意は出来ている。後はアクアを待つだけだ！」

のそのそと起きだしてきた俺に向け、広間の前の玄関口で、朝からテンション高い二人が言ってくる。

未だパジャマ姿の俺は胸元をポリポリと掻きながら。

「やっぱクエストは今度にしない？」

「「ちょっ!?」」

既に<ruby>フル装備<rt></rt></ruby>の二人には申し訳ないのだが、一晩寝たら昨日の敗北の事なんてどうでもよくなってしまったのだ。

というかそもそも、雑草に負けたってなんなんだ。

まるで意味が分かんないし悔しがるとこなのか怒るべきなのか。

というわけで、冒険なんて疲れるし危ないしで急にやる気を失ってしまった。

「自分から誘っておいてドタキャンだとか！　私の冒険心に火を点けておいて、そんなのが許されると思っているのですか！」

紅魔族の名の由来となった紅目を光らせ、めぐみんがカッと食って掛かる。

「そうだ！　昨日畑で私の仕事の邪魔をしておいて今日もお預けだとか、バカにするのもいい加減にしろ!!　攻撃されるのは私の役目だ！」

「ダクネスはちょっと黙っててください！」

やる気満々な二人が仲間割れを始めると、のんびりした声が聞こえてくる。

「おふぁよー……。あら、二人ともそんな格好してどうしたの？」

俺と同じくパジャマ姿のアクアが欠伸しながら現れた。

「どうしたのじゃありませんよ、アクアもなぜパジャマ姿なのですか！　今日はクエストを請けると決めたじゃないですか！」

めぐみんが訴えかけるもアクアはキョトンとした表情を浮かべながら、

「だってカズマの事だし、一日経ったらどうでもよくなるかなって思って」

「さすがだなアクア。伊達に長い付き合いじゃないな」

「この二人は！」

と、激昂するめぐみんにダクネスが何かを耳打ちする。

二人はひそひそと囁き合うと、アクアを見つめ……。

「アクア、実は今冒険者ギルドに高難易度のクエストが貼りだされているらしいですよ」

「……それがどうかしたの？　このニートじゃないけれど、私も冒険に出るのはまた今度にした方がいいと思うの。だってお外はこんなにも晴れてるんだし、血なまぐさい事はやめてピクニックに行きたいわ」

「俺が引き合いに出されてるのが引っ掛かるけど、お前にしては良い考えだと思う。肉と酒を用意して湖にでも行くか。そこでめぐみんに爆裂魔法撃ってもらおうぜ。そんで、魚捕まえてバーベキューしよう」

アクアは俺の言葉にパアッと表情を輝かせると、嬉々として準備を始めた。

だがそんなアクアに向けて、ダクネスがにこやかに語りかける。

「まあ、最後まで聞くんだアクア。ギルドに貼られている高難易度の依頼だが、ちょっとばかり特殊でな。……というのも街の近くの森に、普通のプリーストでは手に負えないほど強力な、ゴーストが現れたらしいのだ」

——冒険者ギルドにやって来た俺達は、逸るアクアに急かされて真っ先に受付に向かわされた。

「まったく、この街のプリーストはまったく、ゴーストに負けるだなんてだらしない！　でもまあしょうがないわね、なにせこの街のプリーストはほとんどがエリス教徒ばかりだしね！」

悪魔やアンデッドを目の敵にするこの女神は、バーベキューより本能の方を優先したらしい。

「なー、野良ゴーストなんてほっとこうぜー。それより湖でバーベキューの方が絶対楽しいってー」

「往生際が悪いですよカズマ。アクアがやる気になった以上、三対一です。多数決という事でゴースト退治に付き合ってもらいますよ」

未だ抵抗を続ける俺を逃がすまいと、めぐみんが服の裾を握って離さない。

ダクネスがそんな俺に苦笑を浮かべると、

「正直言えば、ゴーストは物理攻撃をしてこないからつまらないと言えばつまらないのだが……。しかし、私も神に仕えるクルセイダーの身だ。迷える魂を救済してやりたい。カズマも、たまには善行を積んでみてはどうだ？」

優しく微笑みながら子供を諭すように言ってくる。

「道を踏み外したドMクルセイダーを見放さないでやってる時点で、善行なら十分積んでるぞ」

「き、貴様！」

俺がダクネスを諭している間にアクアが依頼を請けたようだ。

クエスト内容が書かれた紙をドヤ顔で見せ付けてきた。

「アクセルの傍の森に強力なゴースト出現。報酬は三十万エリスですって！　なんでも、森に入った山菜採りのおじさん達に悪さをするそうよ！」

「……なるほど。ゴーストの出現場所や行動は自らの死に深くかかわっていると聞きます。そのゴーストは、山菜採りに出掛けていたところを逆襲に遭い無念の最期を遂げたのかもしれませんね」

それは無念の最期過ぎるだろう。

山菜死なんてしたら俺だってゴースト化する自信がある。

「さあ、行くわよカズマ！　そして迷える子達を導いて、たまには女神らしい事をするの。じゃないと自分の本業を忘れそうになるのよ」

「お前の本業は俺と同じくニートだろ。……こ、こらっ、やめろ！　本当の事じゃねーか、首絞めんな！」

2

アクセルの近くに広がる森の中。

街の人達が薬草や山菜を採るためなのか、この辺のモンスターは定期的に駆除され、滅多な事では襲われない。

そのため、ゲームでよくある薬草採取クエストなんて依頼が発生しないのが難点だ。

そして俺達は今、そんなモンスターが少ないはずの森の中で——

「わああああああーっ！　なんでいつもいつも私ばっかり追いかけられるの!?　日頃の行いは良いはずなのに！　私、女神でアークプリーストなのに!!」

鹿みたいなモンスターの集団に追い回されていた。

「お前が余計な事するからだろ！　俺の潜伏スキルのおかげであいつらに見つかってなかったのに、なんで石なんて投げたんだよ！」

「だって、鹿肉よ⁉　鹿肉を食べさせてやると言えば、カエル肉を食べ飽きた冒険者が、クエストを放り出してまで食べにくるあの鹿肉なのよ⁉　ギルドの皆に食べさせてあげたかったの！　そしてチヤホヤされたかったのよ！」

鹿の群れに追われながら、アクアが牛肉に食べ飽きたアメリカ人みたいな事を言い出した。

コイツは何かトラブルを起こさないと死ぬ病気なのだろうか。

「カズマ、どうしますか⁉　私が爆裂魔法で一掃しましょうか⁉」

と、そんな中めぐみんが、アクアを追いかける鹿に杖を向けた。

「まあ待てめぐみん、一日一発しか撃てないお前の魔法をここで使うのは勿体ない。おい、ダクネス！」

「任せとけ！　私がアクアの代わりに荒ぶった獣達に蹂躙されればいいのだな⁉」

「頼みたい事は間違ってはいないけど、言い方は選べ！」

近くの木に登った俺が弓を取り出し矢をつがえると、ダクネスは嬉々として駆け出しながら、声高にスキルを唱えた。

それまでアクアを追い掛けていた鹿達のヘイトが一斉にダクネスへと向けられる。

「どうしようカズマ、獣達が餓えた目で私を見ている！」

「分かってる、ちょっとだけ時間を稼げ！　すぐに上から狙撃してやるから！」

「何を言っているのだ、慌てず急がずゆっくり倒せ！　手遅れになる寸前ぐらいで！」

「お前が何を言っているんだ」

そもそもお前はもう色んな意味で手遅れだ。

「これでも食らえ！　狙撃ッ！」

俺が矢を放つ度、ピイッと甲高い鳴き声を上げながら鹿が倒れる。

昨日は雑草なんかに後れをとったが、これこそが俺の実力だ。

ちゃんと準備して油断さえしなければ、俺は普通に強いのだ。

なにせ俺は魔王の幹部とも渡り合った……、

「カズマ、鹿が攻撃態勢です！　木にしっかりと摑まっていてください！　でないとまた死にますよ！」

「へ？　……ちょっ!?　何してんの!?　おい、こいつら一体何してんの!!」

仲間をやられた鹿達が、俺が登った木の幹に角を振りかざして次々突っ込む。

「『デコイ』――――ッ！」

以前、殿様ランナーと呼ばれるモンスターを木の上から狙撃した時、似たような状況になって木から落ちて死んだ事がある。

俺は必死に木の幹にしがみつくと、

「ダクネス、助けてえ！」

「お前は昨日といい今日といい、どうして私の仕事の邪魔をするのだ！　あとちょっとで獣臭漂う獣達に群がられるところだったのに！」

ちくしょう、なんて頼りにならないドMなんだ！

そうしている間にも鹿達が木に突撃を敢行してくる。

手汗がヤバい、このままだと落ちる！

畜生、アクアが蘇生できるとはいえ、もう死ぬのは御免だ。

思えば、コボルトに殺されたり木から落ちて死んだりと、ロクな死に方をしていない！

と、その時だった。

『ΩΔΛΣ！　ββΣ？　ΛΦγΨ！』

俺の脳内に謎の声。

それが辺りに響くと、暴れていた鹿達が一斉に逃げ去った——

——未だ木に掴まる俺の前に、緑色の髪の美少女がいた。

『γΘΨγ？』

その少女は木の幹から半透明の上半身をニュッと出し、微笑みながら謎言語で語りかけてくる。

言ってる事は分からないが、この子が討伐目標のゴーストだろうか？

「ひょっとして俺を助けてくれたのか？」

この子の声が聞こえた途端鹿型モンスターが逃げ出した。

という事は、このゴーストは悪い霊ではないのかもしれない。

『ΛΛΨΛ！　Δα？　βΨβΨ？』

やっぱり言っている事は分からないが、ニコニコと微笑を浮かべるその姿は、悪霊とは程遠い。

「どうやら助けてくれたみたいだな。俺の名は佐藤和真。まずは礼を言わせてくれ」

そう言って握手を求めるように手を差し出すと、美少女ははにかみながら……。

『ζβ§Δ。ΨγΛΛ』

「私の下っ端に泣かされた敗北者風情が、気安く触れようとしないでください、ってさ」

俺はアクアの意訳に固まった。

「……おい、もう一回言ってみろ」

「私の下っ端に泣かされた敗北者風情が、気安く触れようとしないでください、だってさ」

「言い直してんじゃねえ！　え、何？　この子がそんな事言ったの？　嘘だろ？　ていうかお前、ゴースト語が分かるのか!?」

俺は不安定な木の上から降り立つとアクアに早口で問いかける。

「この子はゴーストじゃないわよ、ドライアードって言われる、森や植物の精霊ね」

マジかよ。

ていうかコイツは確か、精霊の言葉が分かるんだったな。

となると本当にこんな事言われてるのか……。

「ま、まあ、口は悪いが助けられた事には礼を言うよ。あのままじゃ鹿型モンスターにやられてたかもしれないしな」

『Σ？　Ψ§ΔΛ§β』

「何言ってるの？　アレはモンスターじゃなくてただの鹿。植物の敵である害獣よ。ウチの下っ端どころか鹿にすら負けるだなんて……、だってさ」

コイツなかなかイラッとくるな！

「いや、ていうかアレって、モンスターじゃなくて野生動物なのかよ。なんかどんどん自信無くすんだけど……」

昨日に引き続き、モンスター以外の生物に二度目の敗北である。

落ち込む俺の様子を気にしながらも、避難していためぐみんがドライアードの前にやってきた。

「ひょっとしてこの子が討伐対象のゴーストなのではないですか？　普通の人からすればゴーストと見分けが付かないですし」

『φΠΣΣ。ζΠ？　ΦД』

「そこのちっちぇーのは口の利き方に気をつけなさい。私がゴースト？　その紅い目はガラス玉のようね……痛い痛い、私が言ってるんじゃないわよ、この子が言ってるの！」

アクアはめぐみんにポカポカと叩かれながらも、ドライアードに首を傾げ。

「で、あなたはこんな所で何をしてるの？　私達は山菜採りのおじさん達がゴーストに邪魔されてるって聞いて、それを討伐に来たんだけど」

『ШΘβπΓ！　ΦДαΛΛΔ!!』

「わ、私に言われても知らないわよ！　人間だって何かを食べなきゃ生きていけないんだし、仕方ないじゃないの！」

突如怒り出したドライアードにアクアがタジタジしながらも言い返す。

「アクア、彼女は何を訴え掛けているんだ？　ドライアードと言えば温厚で心優しい性質だと聞く。この辺りを治める領主の娘として、私に出来る事なら何でもしよう」

「なんかね、山菜だって生きてるんだからホイホイ狩りに来るな、次にやって来たら肥料にして森に撒いてやりますからね、植物にだって生きる権利はあるんですから！　って怒ってるの」

……いやまあ確かに、野菜や山菜だって食われたくないのかもしれないけどさあ……。

「ですが私達も、果物のみを食べて生きていくわけにはいきませんしね」

「私も、住人達に農業をやめろというわけには……」

そうだよなあ。

『ËΠ？　πφγΨγγ』

「最初から無理だと決めつけないで、あなた達も光合成でもしてみれば？　もしくは土に埋まってみるとか。この辺は栄養豊富だし、初心者でもいけるかも、ってさ」

「いけねえよ。一体どこから栄養取る気だ」

しかし困ったな。

一応は助けてもらったわけだし、相手は依頼にあったゴーストでもない。

かといって、ここで見逃して山菜採りのおじさん達を肥料にされるのも……。

「そもそも、なぜ急にこの森にドライアードが現れたのだ？　最近までこのような事はなかったはずだが……」

「そういえばそうですね。山菜採りなんて昔から行われてきましたし」

悩み込む二人に向け、ドライアードが微笑を浮かべた。

『ΓΠεБζДα……』

「風の精霊からの噂で聞いたんだけど、この街のどこかの畑の子達が、魔力が豊富な美味しい水をもらってるらしいの。それが目当てでやって来たんだけど……」

「よしアクア、ちょっと来い。いいからちょっとこっち来い」

通訳していたアクアを連れてドライアードから離れた俺は。

「あれ、お前のせいでここに来たんだろ。美味しい水ってお前が出してる水の事だろ。この街の畑の子って、ウチの庭の畑の事だろ」

それを聞いたアクアはしばらく目を閉じた後、ふっと優しい笑みを浮かべた。

「……ねえカズマ。水の女神としてこれほど嬉しい事はないわ。だって私の噂を聞きつけて、わざわざ遠くから来てくれたんだもの。……だから、ね？　今日のところは依頼失敗って事で、今から湖に行ってバーベキューしましょうよ」

「ふざけんなよ、毎度毎度あちこち迷惑掛けやがって！　アイツはどうするつもりなんだよ、これから山菜食えなくなるだろ！　責任もって追い返してこい！」

またたよ、また始まった！

何か事件が起こったと思ったら、また俺の仲間が原因だったよ！

「だってしょうがないじゃない！　私は水の女神なのよ？　私が出す水が魔力に溢れているのも美味しいのも清くて神々しくて輝かしいのも当たり前じゃない！　それに釣られてきたあの子を邪険に出来るわけないでしょう⁉」

「いいから追い返せって言ってんだ！　お前がアレを呼び寄せたってギルドにバレたら、また損害賠償だ何だって言われるんだぞ！」

俺とアクアの騒ぎをよそに、ドライアードがダクネスに何かを頼み込んでいた。

穏やかな表情で何かを訴えかけるドライアード。

その姿に感化されたのかダクネスが、アクアの方を振り向いた。

「アクア、彼女が何を言っているのかを通訳してくれないか？　森の乙女ドライアードの頼みだ、出来るだけ協力してやりたいのだ」

その言葉に、幸いとばかりにアクアがドライアードの傍に近付くと、何かを囁かれてふんふん頷き。

「これまでウチの子達が狩られた分、お詫びとして新鮮な肥料が欲しいんだって」

「肥料か。そのぐらいならお安い御用だ、待っていろ、今すぐ街に帰って……」

と、ダクネスがそこまで言い掛けると、ドライアードが首を傾げ。

『Дα Дζ？　βπφД』

「どこ行くの？　肥料が欲しいって言ってるのに、ってさ」

「……？　いや、だから街に帰って肥料を取りに行くつもりなのだが」

不思議そうな表情のダクネスに、ドライアードはそこらの茂みを指差した。

『βπφ、ΠεБζΛ』

「……私が言ってるんじゃないからね？　このドライアードが言ってるんだからね？　……そこらの茂みの中でいいから、ちょちょいと……」

「ちょちょいと何だ！　乙女に一体何をさせる気だ!!」

耳まで赤くしたダクネスに、ドライアードが食って掛かる。

『ΛφΔΛ！　ΔΛΔΛΔζ！』

「何でもしようって言ったくせに！　領主の娘として協力するって言ったのに、この嘘吐きめ！　って怒ってるわ」

「そそ、そんな事言われても……！　貴族の娘が野外でそんな……！」

「そんな……、何だよ。おい、もっと詳しい説明を頼む」

今にも泣きそうなダクネスにドライアードが指をさし、

「この男！」

『ζΔφ、Д……』

「詳しい説明はいらないわよ！　ていうか私の口から何言わせる気⁉」

アクアがそれを遮るようにバシバシと木の幹を叩き出した。

ドライアードは一体何を言いかけたのだろう。

「もうこのドライアードは滅ぼしてしまっていいのではないでしょうか」

「俺もちょっとだけそんな気してきた」

むしろ、これでもモンスターじゃない分、安楽少女よりタチが悪いかもしれない。

ドライアードは不満気に肩を竦めると今度は俺を指差した。

『φД、Λ§γ』

「仕方ないわね、そこの敗北者が肥料を取って来なさい。急いで。ダッシュで」

「おい、ひょっとしなくてもさっきから言ってる敗北者って俺の事か？　俺にパシってこいって言ってんのか。昨日は雑草を相手にしたと思ってたけど、お前が雑草越しに操ってたんだろ！」

敗北者とは、俺がコイツの眷属である雑草に負けた事を言ってるのだ。

なんでコイツが知ってるんだとも疑問だったが、的確に急所ばかり狙うからおかしいとは思っていたのだ。

そうだよ、植物の元締めみたいなもんだもんな。

なら、昨日のリベンジはコイツで晴らさせてもらうとしよう。

「なあめぐみん、お前の爆裂魔法なら精霊にだって効果があるだろ？　もうコイツぶっ飛ばして帰ろうぜ」

「やりましょうやりましょう。精霊スレイヤーの称号を得るチャンスです、ええ、喜んでやりますとも！」

と、その時だった。

俺がめぐみんを煽っていると、森の奥から甲高い音が聞こえてくる。

それは先ほども聞いた笛のような鳴き声で……。

「おい、さっきの鹿が戻ってきたんじゃないのか？　鳴き声が多いけど大丈夫なのか？」

嫌な予感を覚えた俺は、ドライアードに問いかけるが……、

「あなたならさっきみたいに追い払えるわよね？　ね？　大丈夫よね？」

同じくいつもの流れを感じ取ったのか、不安気に尋ねたアクアは。

『ΨΓΠβ。ΛφДπ……。φД！　γΛШφ§！』

ドライアードの返事を受け、一人その場から駆(か)け出した。

「待てこら、一人だけ逃(に)がさねえぞ！　どういう事だか説明しろよ！」

「このドライアードは、いつもこの森の鹿のボスみたいなのと争ってるんだって！　それで、こっちに向かってるのは間違(まちが)いなくソイツだって！　今こそ我等(われら)が雌雄(しゆう)の時……。時は来た！　さあ、どこからでも掛かってくるがいい！　って……」

「後半のセリフは昨日どっかで誰(だれ)かが言ってた気がするな！　やっぱりお前ウチの畑と繋(つな)がってんだろ！　そんなに肥料が欲しいならダクネスの代わりに俺がくれてやるよ！　バカにしやがって、引っかけてやる！」

「カズマ、アホな事している場合ではありませんよ！　もうすぐそこまで来てますから！」

ズボンのチャックを下ろす俺をめぐみんがゆさゆさと揺(ゆ)さぶってくる。

「ピイィィィィ——ツッッッ！」

笛のような鳴き声が地響(じひび)きと共に響く中。

「こんなにも無数の獣(けもの)の群れが！　いいだろう、この私が全部受け止めてやる！　ふはははははっ！　来ーいっ！」

ダクネスが嬉々(きき)として群れの前に立ち塞(ふさ)がった——

3

「わあああああーっ！　カズマさーん！　カズマさーん！」

「ほら早く、こっち来い！　ドライアードの木によじ登るんだよ！」

「カ、カズマ、ダクネスがえらい事に……！」

木によじ登った俺とめぐみんは、アクアを引っ張り上げていた。

一人ダクネスだけが地上に残り、鹿の頭突きを食らいながらも大剣を振り回して喜んでいる。

その近くでは植物のツルがワサワサ蠢き、鹿に纏わりついては足を封じている。

ドライアードの援護を受けるダクネスだがその攻撃はちっとも当たらない。

超の付く頑強さと不器用さを持つダクネスは、防御に関しては完璧ながら攻撃系のスキルを持ち合わせておらず、火力としては役に立たないのだ。

「俺は狙撃しながら数を減らす。アクアはダクネスに支援魔法を！　めぐみんは……」

「爆裂魔法ですね？　爆裂魔法でしょう。ええ、任せてください。この辺り一帯を灰燼に帰してくれます！」

『εБζΛγΔ！』

「ちっちゃいのが危なそうな魔法唱えてるけどやめさせて！　って騒いでるわよ。ねえ、本当に早くしないとダクネスが……！」

見れば一際大きなボス鹿の攻撃を受け続けていたダクネスが、鎧の接合部を齧られていた。

　この世界の生物は逞しいだけでなく頭もいい。

攻撃が通じないとなれば急所も狙うし、鎧だって剝がしにかかる。

「ま、待て、こらよせっ！　カズマ、ちょっと手を貸してくれ、ダメージ自体は無いのだが、このままでは別の意味で大変な目に……！」

「分かってる分かってる、ギリギリまで待てばいいんだろ？　お前の性癖はちゃんと理解してるから」

「分かってない！　これは私が望むのとは違うダメなヤツだ！　助けてくれ！」

剝かれるのは嫌なのかダクネスの表情に焦りが見えた。

　しょうがない、このまま見守っていたいのはやまやまなのだが……！

「アクア、俺に魔法を掛けてくれ。あの、声真似が上手くなる便利なヤツだ」

「構わないけど……。なるほど、分かったわ！　ダクネスの声を真似て、実況して遊ぶ気ね！　ピンチになったお嬢様を演じるんでしょう。私にもやらせなさいな」

「それも楽しそうではあるけど、お前絶対後で仕返しされるぞ。声真似魔法で何をやるかは、これからちゃんと見せてやる！」

狙撃の手は休めずに、鹿の数を減らしつつ……！

「『ヴァーサタイル・エンターテイナー』！」

アクアの魔法を受けた俺は、ボス鹿の声を模倣した。

「ピイィィィィィ！」

それを聞いた鹿の群れがバッとこちらを振り返る。

「どうよ、鹿の注意を惹いてダクネスから気を逸らす作戦ってわけよ。こうやって時間を稼いでる間に、めぐみんが魔法を完成させれば……！」

「ねえカズマ、鹿語はちゃんと知ってるの？　みんなこっち見て目をギラギラさせてるんですけど」

勝ち誇っていた俺の肩を掴み、アクアがゆさゆさと揺さぶりながら言ってきた。

見れば鹿の群れは足元の地面を何度も蹴り固め突撃態勢に入っている。

なにこれヤバい、俺は何を言ったんだ。

発音が悪かったのか!?

俺は再び声真似すると……、

「ピイィイ！　ピャアァァァァァ！」

「ねえどんどん怒ってる気がするんですけど！　あんたもう余計な事言うのやめなさいよ！」

「ごめんよ、俺が悪かったよ！　ていうかお前は精霊の言葉は分かるくせに、鹿語は分からないのかよ！」

怒鳴り合っている間にも突撃準備を終えた鹿が突っ込んできた。

これはいけない！

「ダメだ、木から落っことされる！　アクア、めぐみん、飛び降りるぞ！」

俺はそう叫ぶと同時、二人の襟首を掴み飛び降りる。

それと同時に魔法の詠唱が完了しためぐみんが、俺と一緒に空中に投げ出されるのに身を任せ、鹿の群れに杖を向け。

「『エクスプロージョン』――――ツッツッツ!!」

「この瞬間でマジかよお前ええええええ！」

辺り一帯が紅い爆炎に包まれた――！

冒険者ギルドのカウンターで、受付のお姉さんから金を受け取る。

「――それでは、山菜採りの邪魔をするゴースト討伐。ちょっと特殊な解決ですが、依頼完了とさせていただきます。サトウさん、お疲れ様でした！」

めぐみんが放った爆裂魔法は、ダクネスから離れた鹿の群れを吹き飛ばし、周囲の木々もなぎ倒した。

当然の事ながらドライアードが激怒し、あわやラウンド２へと突入しかけたのだが……。

「ねえカズマ。今回の依頼ってちょっと割に合わないいんですけど」

山分けされた報酬を受け取りながらアクアがこぼす。

俺は怒り狂うドライアードの説得を行ったのだが、その内容が――

「アクアが招いたドライアードですよ？　たまに水をあげに行くぐらいいいじゃないですか。代わりに、天寿を全うした山菜を引き渡してくれるそうですし」

「やっぱり釈然としないんですけど。それって結局、私が頑張って水やりして、山菜貰ってくるわけよね？　山菜採りのおじさん達の使いパシリみたいなもんよね？」

まあそんな感じに収まった。

天寿を全うした山菜というのもあまり聞かないワードだが、この世界では今更だ。

なにせ野菜は空を飛び、子猫が火を吐く、そんな世界だ。

「はあ……。今回の依頼は凄かったな……。獣臭溢れる餓えた雄が、私の鎧を引き剝がし……。さらには森の精霊にはあのような言葉攻めまで……。挙句の果てには、磨き上げられためぐみんの爆裂魔法で地を転がされて……ッ！」

不満気なアクアとは対照的に、ダクネスは満足そうで何よりだ。

「私も久しぶりに群れに魔法を撃てたので満足です。ええ、今日は実にスカッとしました」

いや、満足そうなのはもう一人いた。

魔力を使い果たしためぐみんが、ダクネスに背負われながらぐったりしている。

そう、俺が送られたこの世界は、そこらに生える雑草すらが自己主張する過酷な世界。

空飛ぶキャベツに巨大なカエル。

果ては魔王やドラゴンまで——

「カズマ、カズマ」

ダクネスに背負われためぐみんが、ぐったりしながらも満足そうに。

「明日も、みんなで冒険に行きましょうね」

俺は日本にいた頃は引き籠もりのオタクだったが……。

新しく生まれ変わったこの世界でも、引き籠もりになろうと心に決めた——

白虎に加護を！

1

冒険者ギルドの片隅で、遅い昼食を食べていた時の事だった。

「――白虎？」

早々と食事を終えた俺は、食後のコーヒーを啜りながら呟いた。

「白虎じゃありません、ホワイトタイガーですよ」

「いや、だから白虎だろ」

この世界のモンスターの呼び名は、実に適当だ。

冬の精霊はどこかの日本人に冬将軍と名付けられ、走り鷹鳶なんてくだらない名前を付けられた憐れなモンスターまでいる。

ホワイトウルフなんて名のモンスターが一部の冒険者の間では白狼と呼ばれていたり。

なぜそんな話をするのかと言うと。

「白虎って呼び方をすると何だか大ボスみたいに聞こえるから止めてください。ホワイトタイガーの方が雑魚感が出てまだ戦いやすそうじゃないですか」

「呼び名なんてどっちでもいいし、そもそも戦いたくないよそんなもん」

めぐみんが、何かが書かれた手配書を手に言ってくる。

手配書には、大物賞金首モンスター、『白虎』とある。

討伐賞金は二億エリスと、とてもただの虎に懸けられる賞金額だとは思えない。

「どうせあれだろ、こいつの他にもデカい亀だとか青いドラゴンがいて、こいつらは四方向の方角を守ってる超大物賞金首モンスターとかそんなとこだろ」

「カズマもなかなか詳しいじゃないですか。そのデカい亀というのは宝島の事ですね？この近辺には地中深くに、宝石や稀少な鉱石を甲羅にたくさん付けた大亀が眠っていて、数十年に一度、日光浴をするために地上へと姿を現すと言われてます」

ファンタジーゲームの定番を適当に言ってみただけだったのにマジなのかよ。

「そしてこのホワイトタイガーも、普段はこの街の西に広がる山の奥でひっそりと暮らしているらしいのですが、最近この近くでの目撃情報が相次いでいるのですよ」

そんなもんをどうしろってんだ。

「私は別に構わないが……。しかし、白虎が人に害を及ぼしたという報告はされていないな。実際に会ってみて、討伐するかどうかを決めても良いのではないか？　白虎はその毛皮の美しさから高額の賞金が懸けられていてな。だが、そのあまりの動きの速さに、未だ誰も捕獲が出来ていないと言われている」

優雅に紅茶を啜っていたダクネスが、多少乗り気な姿勢を見せるそんな中。

「俺は反対だな。いくら金に困っているからといったたって、俺は誇りある冒険者だ。ダクネスの話じゃ人に害はなさないんだろ？　わざわざ確かめるまでもないさ。モンスターとはいえ無害な生き物を殺すのは、俺の信念に反する。よって屋敷に帰って昼寝する」

「私も反対だわ。白虎ってのはね、モンスターなんかではなく聖獣と呼ばれる存在よ。広い目で見てみれば、神の僕みたいなものなの。そんな子を傷付けるわけにはいかないわ。だから私も屋敷に帰って暖炉の前で飲んでるわね」

「こないだカズマは目の色変えて雪精討伐していたクセに、今更何を言っているんですか！　アクアだってこんな時だけ聖職者ぶってもダメですよ！　二億ですよ二億、借金が一発で返せますよ！」

クエストを拒否する俺とアクアに、めぐみんがグイグイと手配書を押し付けてくる。

そんな事言ったってなあ……。

「お前、よく考えろよ？　俺達はカエル相手ですらロクに戦えないパーティーなんだぞ？　それが、白虎なんてボス級の相手に勝てるわけないだろ」

白虎なんてのはゲームや漫画なんかでは、最後の方に出てくる様な大物だ。

間違ってても冒険初心者な俺達が戦っていい相手じゃない。

「それにはちゃんと考えがあります。ホワイトタイガーは通常の虎よりもかなり大きいと聞きました。動きが素早く誰も攻撃を当てられないらしいのですが、的がデカいとなれば話は別です。広範囲型の私の魔法なら、ちょっと避けたぐらいじゃ躱せませんよ」

それを聞いたダクネスが、顎に手を当て思案する。

「……ふむ。いくら大きいとはいえ相手は虎だ、硬い外皮に包まれているわけでもない。めぐみんの魔法がまともに当たれば、倒せない事はないだろうな」

そりゃまあ、爆裂魔法の威力は知ってはいるが……。

白虎の攻撃をダクネスに凌いでもらって、何とかめぐみんの魔法を当てればいけるのか？

相手は二億の賞金首。俺達の抱えている借金を返してもあり余る金額だ。

「うーん、でもなあ……。二億……。二億かあ……」

「まったく、これだから考えの甘い人達はまったく。私は行きませんからね。聖獣を倒そうだなんて何考えてるんですか？　めぐみんもダクネスも、お金に汚く心の弱いこの人を、これ以上惑わさないで！」

それまでお茶を啜っていた借金を作った元凶は、いつになく真面目な顔で言ってきた。

「――うっ……うっ……。嫌だって言ったのに……。私、嫌だって言ったのに……」

「俺だってどっちかって言えば嫌だよ。でもしょうがないだろ、誰かが作った借金、とっとと返したいんだよ」

2

いつまでもぐずるアクアを引きずり、俺達はアクセルの西に広がる山の入口にやって来ていた。

草木茂る山を見上げためぐみんが、アクアに妥協案を出す。

「まあ、実際に戦ってみてかなわない様であればすぐ逃げましょう。普段は山奥でしか見られないホワイトタイガーですが、幸いな事にこの辺りでの目撃情報があるんですから、あまり奥まで入らず、ここで待ち伏せをすればいいのです」

「確かにここからなら、アクセルの街に逃げようと思えば逃げられるな。アクア、そんなに心配するな。ちゃんと私が守ってやる」

二人の言葉を聞いてようやく納得したのか、アクアは辺りを警戒しながらもちゃんと付いてくる様になる。

しかし、白虎ねえ。

目撃情報が増えているとはいえ滅多に見られないレアモンスターらしいし、しばらく滞在してダメならとっとと帰ればいいか。

と、俺がそんな甘っちょろい事を考えていた、その時だった。

目の前の木々が大きくガサッと動いたかと思うと……。

「……初心者殺しやんけ」

巨大な牙の生えた黒豹こと、駆け出し冒険者の天敵初心者殺しが現れた。

「こんなところで初心者殺しに出くわすとは予想外ですよ！　狡猾なモンスターですから、真っ先に紙防御の後衛職を狙ってきます！　これだけ近いと爆裂魔法も使えません！」

「めぐみんとアクアは後ろに下がれ！　私の背中から離れるな！」

「アクアは支援魔法をダクネスに掛けろ！　めぐみんは、一応魔法の詠唱準備を始めておけ！　初心者殺しがいるって事は、この辺りに他のモンスターがいてもおかしくないぞ！」

「ねえ、カズマはそんな指示を出しながら、どうして一番後ろに隠れてるの!?　あんたも前に出て戦いなさいよ、ダクネスだけじゃ攻撃が当たらないでしょ！」

あっという間にパニックに陥った俺達は、わたわたしながら武器を構え戦闘準備を整える。

――が、これだけの隙があったにもかかわらず、初心者殺しが何だかおかしい。

こちらに攻撃を仕掛けるでもなく、ジッとそこに佇んでいるのだ。

「……攻撃してきませんね」

「な、何かしら。私達に恐れをなしたのかしら。なにせ私達は魔王の幹部を倒したパーティーだもの、あの子の野性の勘が戦っちゃダメって訴えているのかもしれないわ」

「だといいのだが、あの目は怯えているという風でもないぞ。何だか、私達を監視している様な……」

皆が囁き合いながら様子を窺う中、初心者殺しが高らかに遠吠えをした。

思わず身構える中、山中のあちこちから似た様な遠吠えが響いてくる。

「おいちょっと待て、初心者殺しって群れるのか⁉　俺達じゃ一匹相手でも怪しいのに、一杯来たら勝てっこないぞ！」

「逃げましょう、今日のところはこれぐらいで勘弁してあげましょう！」

「だから言ったのに！　私は止めようって言ったのに！」

「……」

「おいダクネス、一人だけ嬉しそうな顔してんじゃねえ！」

目の前の初心者殺しから視線は外さないまま、俺はジリジリと後退ると……！

「いいか、こういった肉食獣は背中を見せて走ると追い掛けてくる習性がある。だが、このまま少しずつ距離を取っても追い付かれちまう。ここはタイミングを合わせ、皆で一斉に逃げるんだ。遅くても早くても意味がない。一度に逃げれば、誰を追い掛けるか戸惑うはずだ」

「分かりました、では五つ数えてから逃げましょう。いいですか、『五』まで数えたら走るのですよ？」

「分かったわ、信じてちょうだい」

俺の言葉に二人が続き、未だ最後尾で初心者殺しと対峙しているダクネスが頷き数えだした。

「よし、ではいくぞ。一……二……」

「「三っ!!」」

三つ数えると同時、ダクネス以外が同時に逃げた。

「四……ああっ!?　ちょ、ちょっと待って……！」

ダクネスが最後尾をバタバタと追い掛けてくる中、俺のすぐ後ろを追走する二人が口々に、

「こんな事だろうと思いましたよ、騙されやすいダクネスはともかく、私の紅い瞳はごま

かせませんからね！　もちろん私一人だけ先に逃げようと思ってタイミングが合ったわけではありませんから！」

「カズマの嘘吐き！　ちなみに私も、一人だけ先に逃げようとしたんじゃないからね！　めぐみんと同じく、私の曇りなき眼には嘘が通じなかっただけだから！」

俺に対する責任転嫁を行いながら、

「ちょ、ちょっと待ってくれ、鎧が重……！　というかアイツ、私達の後を追ってこないぞ⁉」

ダクネスが俺達に呼び掛けてきて……。

「「「えっ？」」」

その言葉に振り向くと、確かに初心者殺しはその場から動いていなかった。

3

再び四人でまとまった俺達は、初心者殺しを前に考える。

「何なのかしらあの子。お腹でも空いてるのかしら。ポケットの中にさっき食べたするめの残りがあるんだけど、これあげたら帰ってくれないかしら」

「お腹空いてたらそれこそ俺達を襲ってくるだろ。さっきの遠吠えといい何なんだ。初心者殺しがこんな行動を取るなんて聞いた事も……」

と、俺が言い掛けたその時だった。

山の奥から草木を掻き分け現れたそれを見て、先頭にいたダクネスが思わず呟く。

「美しい……」

俺達の前に姿を現したのは、純白の毛皮に包まれた巨大な虎。

白虎である。

「めめめめ、めぐみんめぐみん！　ほら、お前が倒したがってたヤツが現れたぞ！」

「我が、わわわ我が爆裂魔法をくら、食らわして……！」

「めぐみん早く！　あの目は獣の目よ、早くあの魔獣を討ち滅ぼすの！」

「白虎は聖獣だって言ってたじゃねーか！　アレはお前の僕なんだろ、説得しろよ！」

予想外の大きさと圧倒的ラスボス感に、俺達はあっという間にパニックを起こした。

めぐみんが慌てながらも詠唱を行使する中、武器を下ろしたダクネスが白虎に向けて微笑み。

「大丈夫、この白虎からは敵愾心が感じられない。私達を攻撃しようとしないだろう？　それに、知性高そうな目をしている。初心者殺しも未だ大人しいし、きっとこの白虎が初心者殺し達に指示を出し、何かをさせていたのだろう」

そんな呟きを聞いて、俺は白虎をあらためて観察した。

その純白の毛皮には銀色の虎模様が浮かび上がり、見る者を魅了する美しさと神々しさがある。

ダクネスが言う通り、翡翠色の瞳には高い知性と理性が感じられた。

大剣をしまったダクネスは、両手を広げて優しく語りかけ……、

「この様な美しい生物を狩ろうとしていた自分が恥ずかしくなるな。……ほら、私は怖くなぶっ⁉」

そして白虎に前足でペシと払われた。

「やる気まんまんじゃねーか！　めぐみん、魔法の準備はいいか⁉」

「いい、いつでもいけます！　あれはただのデカい虎……！　ホワイトタイガー、覚悟！」

「よし、それじゃアクアはダクネスに回復魔法を……って、お前この期に及んで逃げてんじゃねえ！」

高まるめぐみんの魔力を感じてか、初心者殺しが木々の間に身を隠し、ダクネスを払った白虎はそこに悠然と佇んでいる。

「これで白虎殺しの称号は私のものです！　食らうがいい、我が最強魔法を！　『エクスプロージョン』！」


それに向けてめぐみんが、必殺の魔法を解き放った！


轟音を伴って巻き起こる爆風と衝撃波に、逃げようとしていたアクアが転び、俺はといえば慌てて地面に身を伏せた。

爆発が収まると、そこには巨大なクレーターがあるだけで白虎の姿はなく、木々の間に身を隠していた初心者殺しもいつの間にか消えていた。

俺はふらふらと倒れ込むめぐみんを支えながら、姿が見えない白虎を探すが……。

「……やったのか？」

身を起こしながら、俺と同じく辺りを見回し白虎の姿を探すダクネスが、こういった場面で一番言ってはいけない事を呟いた。

「何よ、しょせんはただの獣ね。これだけで二億だなんてチョロすぎじゃないの。さあカズマ、帰るわよ！　これで借金返しても大分お金が余る事だし、しばらくは楽ちんに暮らせるわね！」

更にフラグになる様な事を言うアクアに俺は、

「いや、手配書には注意書きが書いてあったぞ。『ただし討伐報酬は、白虎の毛皮と引き換えとなる』って。こんな、跡形もなく吹き飛んだんじゃあ……」

そこまで言って、動きを止めた。

敵感知スキルが、背後に何かがいる事を訴えている。

俺はおそるおそる振り向くと、

「言葉が通じるかは分からないが一応言わせてくれ。俺は最初から白虎討伐には反対してたんだよ、だって猫好きだし。いや違う、別に虎と猫を一緒にしてるわけじゃないんだ」

いつの間にかそこにいた白虎に向けて、両手を上げて降参のポーズを示しながら語りかけた。

あの一瞬で俺達の背後に回るとか、ちょっとシャレになってない。

「私もあなたは聖獣なんだから退治なんてしたら罰が当たるからねって忠告したの！　でも、この愚かにも欲に塗れた人達が、あなたの毛皮を手に入れようとしたからそれを止めようと……！」

「…………」

俺と同じく説得に入ったアクアと、魔力切れで倒れ死んだふりをするめぐみんをよそに、白虎はアクアに近付いた。

「ねえ、どうして私のところに来るの!?　私何も悪い事してないし、誤解があるんじゃないかしら！　聖なる存在同士仲良くしましょうよ……あら？」

頭を庇う様にして身構えるアクアに、白虎は口に咥えていた小さな何かを押し付けた。

アクアが何となくそれを受け取ると、白虎はぷいとそっぽを向いて、そのまま山へと歩いて行く。

呆然と白虎の後ろ姿を見送る中、アクアの近くにやって来たダクネスが、その手元を見てポツリと言った。

「白虎の子供……？」

――アクセルの街への帰り道。

「ねえ、私この若さで子供なんて押し付けられても困るんですけど」

白虎から押し付けられた白い毛玉をあやすように抱きながら、回復魔法を掛け続けるアクアが言った。

白虎の子供は酷く弱っていた。

それはもう、今にも息を引き取りそうなほどに。

「しかし、やったじゃないかめぐみん。このままコイツの目が覚めなければ、お前は望み通り、『白虎殺し』の称号が得られるな」

「ま、待ってください、これってやっぱり私のせいですか⁉　この子は、私の爆裂魔法に巻き込まれてこんなに弱っているのですか⁉」

俺におぶわれためぐみんが、焦った様に言ってくる。

「めぐみんが余計な事したのは間違いないけど、この子が弱ってるのは神気が足りないからね。白虎みたいな聖獣は、生まれた子供にお乳代わりの神気を与えるの。でもあの白虎からは、神パワーが湧き出していなかったわ。きっとこの子を産んで神気を使い果たしちゃったのね。それで、私の超凄い神パワーを頼ってこの辺りをウロウロしてたのよ」

と、アクアが突然、そんな何の根拠もない事を言ってきた。

「つまり、神気の出が悪いから乳母代わりになるヤツを探してたって事か？　屋敷が手に入るまで、馬小屋の馬と寝床にする藁の取り合いしてたお前から、本当に神気なんてものが出てるのか？」

「無礼な事言ってると罰当てるわよあんた。見なさいな、私からの神気を吸って安心しきったこの子の顔を」

「……コイツ、寝小便してないか？」

眠ったまま羽衣を濡らした毛玉を放り投げようとするアクアを押さえ、ダクネスが白虎の顔を覗き込む様にして言ってきた。

「聖職者のアクアから神気とやらが出ているのは理解したが、この子はどうするのだ？」

そんな、ダクネスの疑問に対し。

「飼いましょう」

放り投げようとしていた毛玉を抱き直しながら、アクアが言った。

「あの母虎は育児放棄をしたんだもの、となればこの子の親権は私にあるわ。私の理想としてはドラゴンを飼いたかったとこだけど、この際聖獣でも構わない。この子を忠実なる僕に育てあげ、対魔王軍の切り札にするのよ！」

「お前、自分の世話もロクに出来てないくせにペット飼うのか？」

4

――冒険者ギルドの受付嬢が、アクアが抱く毛玉から目を離せないままおずおずと。

「あのう……。一応買い取りは出来ますが、その……」

アクセルの街に帰った俺達は、冒険者ギルドにやって来た。

「鬼！　カズマは鬼よ！　こんなに可愛らしい生物を毛皮にしようっていうの!?　あんたってば生まれる時お母さんのお腹の中に、良心とか大事な物を落っことしてきちゃったんじゃないの!?」

棚ぼた的に手に入れた白虎の子供をどうにか金に出来ないかと思った俺は、成体じゃない白虎の毛皮も買い取り可能かを聞いたところだった。

「冒険者が甘っちょろい事言ってんじゃねーよ、コイツはモンスターだ！　どんなに可愛くてもモンスターの子供なんだよ！　俺だってこんな事はしたくない！　だけどしょうがないじゃないか、白虎が人に害を成さないってのは噂なんだろ!?　噂なんかを信じてコイツを見逃し、大きくなった際に人に害を成したらどうするんだ!!」

白虎を抱いて食って掛かるアクアと、意見の違いから口論する俺。

「この男、白虎退治に行く前はあれだけ無害なモンスターを倒すのは信念に反すると言っていたくせに、お金になると知ったら主張をひっくり返しましたよ」

「めぐみん、よく見ておけ。これが金に目が眩んだ人間の顔だ」

さっきから後ろがうるさい。

背後でコソコソと言葉を交わす二人を尻目に、俺はアクアから白虎を取り上げた。

「大体、こんな猫サイズの子供を戦力になるまで育てるのにどんだけ掛かると思ってるんだ！　聖獣ってくらいだし、どうせ何百年とか生きるんだろ⁉　育ちきるのに十年や二十年は掛かるんじゃないのか⁉」

「だって！　だって‼」

白虎を取り返そうとすがるアクアを無視し、俺は受付カウンターの上にそれを乗せると。

「というわけで、買い取りお願いします。ちなみに幾らになりますか？」

「ほ、本当に売るんですか？　一応、一千万エリスでの買い取りが可能ですが……」

何だか軽く引いた様子の受付嬢は、これだけ周囲が騒いでいるにもかかわらずカウンターの上で丸くなっている白虎を見て、ちょっとだけ口元を綻ばせる。

さすがは白虎、子供でも一千万か！

借金を一気に返す事は出来ないが、これだけあれば冬を越す金にも回せるし、それに……

……！

「ミャー！　ミャー！」

アクアの神気を受けて多少は持ち直したのか、白虎がカウンターの上で俺を見つめて鳴きだした。

それに合わせ、真横に立ったアクアが俺の横顔を至近距離からジッと見てくる。

「うっ……。ふわふわしてますね……」

受付嬢が必死に鳴く様子に思わず手を伸ばし、毛皮の感触に打ち震えている。

「ウチには私の使い魔が既にいる事ですし、それが二匹に増えても育てる手間はあまり変わりませんよ。この子も飼えばいいのではないですか？」

そんな事を言ってくるめぐみんと、なおも隣で見続けるアクアを無視し、俺は自分に言い聞かせた。

心を鬼にしろ佐藤和真、確かに俺は猫派だが、こいつは虎だ。

それに一千万だぞ一千万、そんなのどっちを選ぶかだなんて決まってる。

「ま、まあ、借金を返したいというカズマの気持ちも分かる。それに冒険者たるもの、モンスターに心を許してはいけないという事もな。確かにモンスターを飼うという行いは褒められたものではない。判断は、カズマに任せる」

口ではそんな事を言いながら、鳴き続ける白虎から目が離せず頬が緩んでいるダクネス。

「ミャー！　ミャー！　ミャー！」

ダクネスですら陥落したみたいだが、この俺はこいつらとは違う。

いくら情に訴えかける様に鳴き続けたとしても――！

「——猫の砂は買ったか？　あと、寝床代わりの空き箱を用意してやれよ。それと毛布な」

「おトイレ用の砂は、めぐみんが飼ってる子が使ってるのを分けてもらうわ。空き箱は、近所の酒屋さんにお願いしてもらってこようかしら」

屋敷への帰り道。

結局情に絆されてしまった俺は、白虎を受け入れる準備をしていた。

まあ仮にも白虎の子供なら、将来的には強くなるしな。

成長するのにどれだけ掛かるのか知らないけど、前向きに考えれば……。

「ただまー」

玄関のドアを開け、早速暖炉の前に陣取るアクア。

と、アクアに抱きかかえられていた白虎が中空をジッと見つめだす。

ダクネスがお茶の用意をしに台所に向かう中、俺の背から降りためぐみんがソファーの上に寝そべった。

「超見てますね。その子は仮にも聖獣です。見えてはいけない物でもいるのでしょうか」

仰向けの体勢のめぐみんがそう言いながら、白虎の視線の先を追う。

そういうのは夜眠れなくなるからほんとマジで止めてほしい。

「この子が見てるのは屋敷に住んでる幽霊よ。前に言ったでしょう？　このお屋敷には貴族の女の子の霊がいるって。さっきから、そこに浮かんでクラゲ踊りみたいな事してるから気になるんでしょうね」

「前から思ってたんだけど、本当にそんなのがいるのなら一度そいつと喋らせてくれ。幽霊らしさの欠片もないだろ」

……と、紅茶の用意をしていたはずのダクネスが、何かを抱えていそいそと戻ってきた。

「な、なあ、名前は何にする？　ほらホットミルクを持ってきたぞ。その子は神気を糧とするみたいだが、少しくらいは飲めないかな？」

先ほどは、冒険者たるものモンスターに心を許してはいけないとか言っときながら、コイツが一番やられてそうだ。

5

「この子の名前はジークヴァルト。ヴォルフガング・ジークヴァルトよ。ジークって呼んであげてね」

翌朝、白虎を抱いたアクアが開口一番にそんな事を言ってきた。

なんで無駄に格好良い名前なんだ。

「私もその子の名前を考えたのですが」

「ダメよ、めぐみんはダメ！　どうせめぐめぐとかみんみんとかおかしな名前付ける気でしょう！」

「おい、私の名前をいじくるのは止めてもらおうか！」

朝っぱらから騒がしい二人をよそに、ダクネスは白虎のトイレの砂をかいがいしく替えながら。

「しかし、昨日よりも大分元気そうだな」

そう言って、アクアが抱く白虎を見ながら口元を緩めた。

昨日はぐったりしていた白虎だったが、言われてみればかなり回復して見える。

「そうね。この調子なら、あと一週間も神気を与え続ければ自力で生活出来そうね」

アクアいわく、神気が必要なのは生まれたての頃だけで、それを乗り切れば誰が育てようが死ぬ事はないそうだ。

——それから一週間が経ち、白虎の子供ことジークが、すっかり元気になった頃。

「さて。私はあなたを愛玩動物として飼ったわけではないの。なので、今日からスパルタな英才教育を施すわ。魔王軍に対抗するための切り札としてのね！」

屋敷の庭の中央であぐらをかく様に座り込んでいるジークを前に、腕を組んで仁王立ちしたアクアが言った。

「ミャー！」

「みゃーじゃないの。返事はハイよ」

「ミャー！　ミャー！」

初っぱなから無茶を言うアクアにジークがすり寄る。

「ダメよ、ご飯はまだダメ。……ちょっと、私の羽衣齧るのは止めなさい。それは神器といってとても大切な……わあああぁーっ！　ちょっと待って、それは持ってっちゃダメよ、お願い返して！」

偉そうにふんぞり返っていたところを、身に着けていた羽衣を奪われ、アクアがジークを追い掛け始める。

それを追いかけっこか何かと勘違いしたのか、ジークが飽きて眠るまで、二人は庭中を駆け回った。

「――ジーク、その子とは仲良くしちゃダメよ。だってその子からは、何だか邪悪な気配を感じるもの。それに私にはちっとも懐かないし」

　翌日。

　めぐみんの飼っている黒猫と、暖炉の前でじゃれ合うジークにアクアが言った。

「我が使い魔と互角の勝負を繰り広げるとは、ジークもなかなかやりますね」

「ああ、なんて愛くるしいのだろう……。なあめぐみん、アクア、この二匹に触ってもいいか？」

　三人に見守られる中、二匹はもつれ合う様にして互いにのし掛かったり甘噛みしたりと遊んでいる。

「ジーク、昨日教えたゴッドブローを食らわしなさい。その邪悪な毛玉との格の違いを見せ付けて支配下に置くの！」

　両の拳を握ってアクアが叫ぶが、二匹は眠くなってきたのか暖炉の前で丸くなる。

　それを見たダクネスが、触りたいが起こしては悪いとばかりにそわそわするが、アクアは気にも掛けずにジークを両手で抱き上げる。

「どうして私の言う事が聞けないの？　今日という今日は甘やかしたりしないからね？　ほら起きて！　起きて私と特訓するの！　今更泣いてお願いしたって許してなんかわあああああああああーっ！」

「……お前、よくおしっこ引っ掛けられてるけどトイレかなんかだと思われてんのか？」
「何でこの子は砂の上で用を足さないのよ！　うっ、うっ……ねえジーク、お願いだから
トイレの場所くらいは覚えてちょうだい……」
生後間もない白虎に泣かされたアクアが浴場に向かいながら懇願する。

——そして、その日の夜。

「ねえジーク。その羽衣はとても大切な物なんだからね？　それはあなたの毛布じゃな
いの。代わりの毛布をあげるから、返してくれないかしら」

アクアは神器だとかいう羽衣を奪われ、寝床の中で毛布代わりにされていた。

「やられたい放題だな。お前にはペットを飼うなんて無理だったんだよ」

「まだ意思の疎通が出来ていないだけよ！　今夜からは私もここで一緒に寝て、この子に
親だって刷り込んでみせるわ」

そんな事を言いながら、暖炉の前に陣取り、ジークが入った箱を抱くアクア。

まあ、やりたい様にやらせてやるか。

「あっ！　あんたまたおしっこしたでしょ？　私の羽衣は浄化作用があるけれど、それ
でも罰当たりな事には違いないわよ。ほら、こんな時だけ甘えたって許さないからね。ち

ゃんとごめんなさいしなさいな」

　ジークの寝床を抱いたまま、話し掛け続けるアクアの声を背に部屋へと向かった。

　――やがて、そんな日がまた何日か続いたある日の昼下がり。

「ジーク、今日はとっても良い天気ね。だから、眠くなる気持ちは分かるわ。でもそろそろ私の言う事を聞いて、戦闘訓練を受けてくれても良いと思うの」

　庭でジークを抱いたまま、日向ぼっこをするアクアが言った。

　俺はその隣でジークの毛皮の撫で心地を楽しみながら。

「もう戦闘訓練とか魔王の切り札とか、どうでもいいじゃないか。猫派な俺としては、こうしていられるだけで毎日がとても幸せだ」

「私はちっとも幸せじゃないわよ！　この子、未だにトイレの場所も覚えないのよ？　それにちっとも私に懐かないし。聖獣なんだからもう少し賢いかと思ったんですけど。だって毎日おねしょするのよ？」

　おねしょか。

　でも、おねしょって確か……。

「そういえば、寂しいと感じてる子供がおねしょをするって聞いたな。そいつ、親に会えないから寂しがってんじゃないのか？」

「……この子ったら、私にこれだけ世話になっておきながら、こんなにそっけないのって実の親が忘れられないからなのね？　まったく、なんて薄情な子なのかしら！」

「いや、虎相手に無茶言うなよ。でもまあ、このまま飼ってればその内馴れるさ。夜中におねしょしなくなったら、お前を親だと認めたって事だよ」

芝生の上に寝っ転がりながら、気楽に言った俺の言葉に。

「ちょっと待ちなさいよ、それじゃあ、私の聖なる神器がまだまだ穢されるって言うの？　まったく、冗談じゃないわよまったく！　ねえジーク。あなた、女神の神器をなんだと思ってるんですか？　これはもう罰を当てるしかないわね。ええ、この屋敷でこれだけ甘やかされているにもかかわらず薄情なあなたには、厳しく罰してあげますからね！」


――アクセルの街の西に広がる山岳地帯。

「おい、本当に良いのか？」

ジークを連れた俺達は、以前白虎に出会った場所を目指し歩いていた。

「いいって言ってるでしょ？　トイレも覚えられないバカな子は私の方から願い下げよ。ちっとも言う事聞かないし、やっぱ飼うのならドラゴンが一番よね。ねえ、聞いてるジーク？　あなたとは今日でお別れだけど、私はせいせいしてるんだからね？」

そんな事を言いながらも、先頭を歩くアクアはジークを抱き締めたまま離さない。

「……しかしアクア、このままあの場所に行っても、親の白虎が待っているとは限らないのだぞ？　その時はどうするんだ？」

「そうですよ、私としてはこのまま家で飼い続け、私の使い魔のお婿さんにするのが良いと思うのですが」

この短い間に情が移ったのか、ダクネスとめぐみんがジークを返す事をやんわり止める。

だが……。

「きっとあの場所で待ってるわ。女神の勘よ」

そんなアクアの言葉に、二人はそのまま押し黙る。

やがて――

「ほら見なさいな。私の言った通りでしょう？」

以前白虎と出会った場所では一体いつから待っていたのか、地面にジッと身を伏せて、目を閉じたまま動かない母虎がいた。

それがなぜかは分からないが、この白虎はアクアが子供を連れて帰って来るとの確信があったのだろう。

白虎はジークを抱いたアクアが近付くと、うっすらと目を開ける。

俺達が見守る中、アクアは身を屈め、そっとジークを地面に置いた。

「さあ、とっとと帰んなさい」

ぶっきらぼうに言うアクアを見上げ、ジークはジッと動かない。

「……何よ、さっき言った事気にしてるの？　言っとくけど、白虎よりもドラゴンの方がいいって言ったのは冗談だからね。ちょっとでも恩を感じているのなら、大きくなって魔王軍を倒してちょうだい」

そう言ってぷいとそっぽを向くアクアの羽衣に、ジークがじゃれる様にしがみつく。

そんなジークを、アクアが堪らず抱き締めた。

これ以上は見ていられないとばかりに顔を伏せるめぐみんとダクネス。

そして、抱き合う一人と一匹の下に白虎がゆっくりと近付いてきた。

「さあ、お別れよジーク。……ジーク、いい加減羽衣は離しなさいな。ねえ、これはあなたの毛布じゃないの。こればっかりはあげられないのよ。ほら、親のあなたも何とか言って！　いたたた、ちょっとジーク、爪を立てると痛いんですけど！」

アクアの羽衣から離れないジークを見て、白虎がしばし考え込む様に動きを止めると。

――ジークの母親である白虎はアクアの襟首を咥え、そのままヒョイと持ち上げた。

「わあああああ、カズマさーん、カズマさーん!!」

「このバカ、連れてかれてんじゃねえ！」

「アクアー！　ちょ、ちょっと待ってください、何とか逃げてください！」

「待てっ、おいアクアをどこへ連れて行く気だ!?」

白虎。

それはこの世界最速を誇る生物で、もちろん俺達に追い付けるはずがなく――！


――三日後。

白虎の白毛塗れになって帰ってきたアクアが、疲れた顔で呟いた。

「私、次に飼うならドラゴンがいいわ……」

「お、おう……」

レッドストリーム・エクスプロージョン！

1

その日。

冒険者ギルド併設の酒場で遅めの昼食を摂った俺達が、食後のまったりとしたひと時を楽しんでいると、ギルド受付のお姉さんがやってきた。

「失礼します。サトウカズマさんのパーティーに、指名依頼をお願いしたいのですが……」

指名依頼。

それはある程度の実力を持ち、名を上げた冒険者に舞い込んでくる特別な依頼である。

「指名依頼だと？　ふふ、私達も随分と有名になったものだな！」

「当然でしょう？　だってこの私がいるんだもの、有名にならないわけがないじゃないの！」

ダクネスやアクアが興奮するのも分かるが、今や俺達はこの街でも有数の実力者だ。

そりゃあ指名依頼の一つもくるだろう。

「俺達に依頼したい事？　まあ、いつも世話になってるお姉さんの頼みだ、引き請けるのもやぶさかじゃあないが……。俺達は上級職ばかりのパーティーなんだ、高くつくぜ？」

「あんた、ちょっと前までは目を血走らせて仕事くださいって頼み込んでたクセに随分と大きく出たわね」

隣でツッコむアクアがうるさい。

と、お姉さんはちょっと気取ってクールぶってみた俺に向け、何だか言い辛そうに口ごもると。

「いえその、正確にはサトウさんにではなくてですね……。そちらの、めぐみんさんへの指名依頼なのですが……」

その言葉に俺達の視線は、食後のデザートのプリンを小さな一かけらまで残すまいと未だ格闘する、めぐみんへと向けられた。

――アクセルの街に向け、大型の台風が接近中。

王都の天候予測占い師から、この街のギルドにそんな予報が送られてきた。

「アクセル南の海上から、大型の台風がゆっくりと北上中です。この街が台風の勢力圏に入るのは明日の朝から正午にかけて。このままでは、街に大変な被害がもたらされます」

台風が年中やってくる日本人の感覚で聞いていたが、この世界での台風は大災害の部類に入る。

川は氾濫し農作物も全滅の憂き目に遭い、家は壊され外壁だって崩れ落ちる。

そして、この世界ならではの問題が一つ。

「台風が来ればモンスターが興奮して活発化する。街の警備を強化する必要があるな」

施政者の娘であるダクネスが難しそうな顔で呻いている。

日本にいた頃には、台風が来るとはしゃぐヤツが俺の周りにいたものだが、モンスターの中にもそういったヤツらがいるのだろうか。

「ねえカズマ。台風って聞いて、私なんだかテンション上がってきたんですけど」

ここにもそういったヤツがいたらしい。

水の女神なだけあって、大雨の予感に興奮しているのだろうか。

俺はふんふんと鼻息を荒くしているアクアを尻目に。

「で、その台風とウチのめぐみんにどんな関係があるんだ？　まさか爆裂魔法の爆風で台風をどうにかしようとか言わないだろうな？」

あらためてお姉さんに尋ねると、それに答えたのは意外そうな顔のダクネスだった。

「なんだカズマ、知らないのか？　台風とは、嵐を司る大精霊が暴走する事で発生するのだぞ？　毎年台風の時季になると大精霊を正気に戻すため、腕利きの冒険者が招集されるのは毎度の事なのだ」

これだから異世界は。

「……あのなあ。台風ってのは海の上で発生する自然現象で、精霊だなんだのが関係してるわけじゃないんだよ。その分だと、どうせ雨が降る原理も知らないんだろ」

台風とは暖かい海の上で発生する熱帯低気圧の事だ。

科学や学問が地球ほど発達していないこいつらにとっては、雨も台風も神の奇跡の類いに分類されているのだろう。

だから、お姉さんを筆頭に俺にかわいそうな人を見る目を向けてくるのは止めてほしい。

……と、アクアが俺の袖をくいくいと引いて、耳元で囁いてきた。

「カズマカズマ、この世界では本当に大精霊が雨を降らせているの。地球とは違うんだから、ドヤ顔でそんな事言ってると恥ずかしい思いをするわよ？」

これだから異世界は！

「――まあそんなわけで、相手は嵐の大精霊です。こんな時こそめぐみんさんの爆裂魔法の出番ですよ！」

爆裂魔法は最強の魔法。

爆裂魔法が引き起こす属性というものを持たない純粋な魔力爆発は、霊体だろうが何だろうが、たとえ相手が神や悪魔だとしても、必ずダメージを与えられる。

普段なら大して役に立たないめぐみんだが、こういう時には頼りになる。

既に台風襲来の話は聞いているのか、俺達以外の冒険者達がめぐみんに期待に満ちた眼差しを向けてうんうんと……。

「嫌です」

何度も頷いていた連中が、めぐみんのその一言に固まった。

「……おい、いきなり何だよ、どうしたんだよ？　いつもならここぞとばかりに爆裂魔法の有用性を長々と語って、まだ台風も来てないウチから真っ先に飛び出していくクセに」

「私を何だと思っているのですか、人を戦闘狂みたいに言わないでください！　いえ、普段厄介者扱いをしておいてこういう時だけ頼りにしてくる、その心根が気に食わないのです。我が力を欲するのであれば、日頃の行いを悔い改めてもらおうか」

ぷいとそっぽを向きながらまた面倒臭い事を言い出しためぐみんに、冒険者達がサッと顔を青ざめさせた。

「な、なあ悪かったよ、あんたの力が必要なんだ。実体のない大精霊相手じゃ普通の武器なんて意味を持たないし、その上精霊は魔法防御力だって高いんだ。並の魔法使いじゃどうにもならねえ、あんただけが頼りなんだよ……」

鉄仮面を被った男のその言葉に、そっぽを向いていためぐみんの頬がピクリと動き。

「そうだよ、いつもイザって時はあんたが一番活躍してた。デュラハンの時だって、機動要塞デストロイヤーの時だって、いつだって切り札はあんたなんだ！」

続くその言葉にめぐみんの口元が緩みだす。

「そうだ、こういう時こそ紅魔族にして最強の魔法使いであるあんたの出番だろ？　いつもあんたをからかってるヤツらに見せてやってくれよ、爆裂魔法の真の力ってやつを！」

めぐみんはニヤニヤと口元を緩めながら、

「まったく、そんなにこの私の力が必要なのですか？　この、アクセル一の魔法使いの我が力が？」

そっぽを向いた姿勢のまま、満更でもない口調で言ってきた。

それを聞いた冒険者達がここぞとばかりに言い募る。

「そりゃもちろんさ！　なあ、俺達にも見せてくれよ爆裂魔法を！」

「爆裂魔法こそが最強だってとこを見せてくれ！　台風が何だってんだ！」

「ばっくれつ！　ばっくれつ!!」

「頭のおかしい娘なんてあだ名を広めて悪かった、今後は別のおかしなあだ名を考えるから！」

満面の笑みを浮かべながら立ち上がっためぐみんは、バサッとマントをはね除けると、

「仕方ないですね！　そこまで言うなら今後私を敬うという条件付きで、我が力を見せてくれましょ……おい、今最後に言ったヤツは前に出てもらおうか」

ドヤ顔から唐突に真顔になった。

冒険者の一人と喧嘩を始めためぐみんを見ながら、俺はふと思い付く。

「いい加減におかしな名前を広めるのはやめてもらおう！　さもなくばあなたが留守中に通りすがりの爆裂魔の手によって家が消滅する事になる……、なんですかカズマ、今大事なとこなのです。私に付けられたあだ名を変えさせるチャンスなので、ここは安易に請けるわけには……！」

おっさんの胸倉を掴むめぐみんをまあまあと宥めた俺は、ニヤリと笑みを浮かべた後頷くと。

「こいつは乗り気じゃないみたいだから無理にやらせるのもかわいそうだ。悪いが他をあたってくれないか？」

「そんな！　他と言われましても、大精霊にダメージを与えられるほどの魔法使いとなると……」

俺の言葉に困惑するお姉さん。

それを見ためぐみんが、俺にやれやれと首を振り、

「大丈夫ですよカズマ。確かにこの人達の虫の良いお願いはどうかと思いますが、そこは大人な私ですから皆がどうしてもと頼むなら引き請けなくもありません。なにせこの街には紅魔族である私の他に、大精霊と渡り合える魔法使いなんて……」

「いるじゃんそこに。この街に住む、もう一人の紅魔族のゆんゆんが」

言いながら俺が指差した先のテーブルには、紅い目をした少女、ゆんゆんが一人佇んでいた。

ギルドの隅っこのテーブル席で、一人トランプタワーを作っていたゆんゆんは今さらながらに周囲の視線に気付いた様だ。

「えっ？　あ、あの……どうして私見られてるの？　わ、私何かやらかしました？　トランプタワーが邪魔ならすぐ片付けますから……！」

そう言って慌ててトランプを片付け始めるゆんゆんに、冒険者達が歓声を上げる。

「そうだ、上級魔法を使えるゆんゆんさんがいるじゃねえか！」

「そういえばそうだ、上級魔法なら大精霊にだってダメージが通る！」

「えっ」

冒険者達の言葉に出来ない方の紅魔族が小さな声で呟いた。

近くにいた冒険者から状況を説明されたゆんゆんが、目を紅く輝かせながら立ち上がる。

「まま、任せてください、誰かにこんなに頼りにされる事なんて紅魔の里でお金を貸してと頼まれた時ぐらいですし、私で良ければいくらでも！」

快諾するゆんゆんの言葉に冒険者達の歓声が大きくなった。

それらの流れを見ていたダクネスが、俺の意図を察したのか、

「ゆんゆん一人ではまだ心許ないかもしれないが、そんなにめぐみんがやりたくないというのなら、更にウィズにも頼むというのはどうだ？　彼女は上級魔法を使える上に、めぐみんと同じく爆裂魔法だって操れる。十分な戦力になると思うが」

「……えっ？」

その言葉にめぐみんが更に小さく声を上げる。

「そうだ、ウィズさんもいたな！　なら台風を追っ払うには十分じゃねえか！」

「出来る方の紅魔族、ゆんゆんさんがいるならもう安心だな。なら出来ない方はもういらねえや……うおっ、何しやがる！」

「出来ない方とは誰の事だか聞こうじゃないか！　というかそんなにアッサリ諦めなくてもいいんですよ⁉　爆裂魔法に関してはこの私が一番なのです、私を連れていけば役立ちますよ‼」

冒険者の一人に襲い掛かっためぐみんが男の胸倉を掴んだまま騒ぎ出す。

そんなめぐみんの肩を、アクアが一切の邪気もない優しい笑みでポンと叩くと。

「良かったわねめぐみん、嫌な依頼を請けなくて済んで！　後の事は私達に任せときなさい！」

「調子に乗ったのは謝るので、私も連れて行ってください！」

2

『現在、この街に向けて非常に荒ぶった台風が接近中！　住民の皆さんは、家の中に入りしっかりと戸締まりをしてください！』

冒険者ギルドの職員がアナウンスを響かせる中、俺達は他の冒険者と共に街の外に向かっていた。

「色々言いたい事もあるんだが、まず荒ぶった台風ってなんなんだ」

「荒ぶった台風は荒ぶった台風よ。今年の嵐の大精霊は随分とご機嫌斜めの様ね」

もういい加減この世界の事にツッコむのも嫌なのだが、これだけは言わせてほしい。

「なあ、今から台風をどうにかしに行くんだよな？」

「そうよ？　皆の装備を見れば分かるでしょう？」

俺を除く冒険者達。

それら全てが……。

「なんでお前ら水着なの？」

「バカねカズマ、台風相手に鎧なんて着てどうするの？　相手は嵐の大精霊、主な攻撃手段は水と風よ？　それに嵐の大精霊は水を好むから決戦の場所は水場になるわ。溺れない様に重い鎧は外して水着になる。とても合理的な姿じゃない？」

まあ一応は納得した。

納得はしたのだが……、

「めぐみんが浮き輪みたいなのを抱えて歩いてるんだが、これから海に遊びに行くわけじゃないんだよな？　俺達は大精霊を相手に戦いに行くんだよな？」

「当たり前でしょう？　おそらく決戦の舞台は街の近くの湖よ。湖に浮かびながら魔法の詠唱が出来る様にと、木製の浮き輪を持たせておいたのよ。カズマ、いつまでもふざけてないで真面目にしなさいな。ここで私達がどうにかしないと、アクセルの街は大きな被害を被るのよ？」

俺と同じく、一人だけいつもの服装のアクアの言葉に、周囲の冒険者達がうんうん頷く。

なぜだろう。

それぞれが浮き輪を手にして水着姿なんて浮かれた格好をした連中に、どうして俺の方が真面目にやれと叱られてるんだろう。

でもまあ……。

「ウィズの水着姿が見られた事だし、まあいいか」

「それを口に出しちゃうところがカズマよね。私は水着にならなくて良かったわ、どんないやらしい目で見られるか分からないもの」

寝言を口走るアクアは放っておき、俺は黒ビキニ姿のウィズを見る。

着痩せするタイプとはよく言ったもので、いつもの野暮ったいローブを露出多めのものに変えるだけでも店の経営は良くなると思う。

「あの、カズマさん、そんなにマジマジ見られると困るのですが……」

「お構いなく」

「お構いなくじゃないわよ、あんたは今回やる事ないんだから隅っこにでも行ってなさいな！」

そう言って、アクアは俺に向けてしっしと手を振る。

「おいコラ、やる事ないのはお互い様だろ？　お前だって悪魔やアンデッド以外には攻撃手段なんて持たないんだから、俺と一緒に応援係だぞ」

だが俺の文句を聞いたアクアは、ふっと鼻で嗤ってくる。

「バカねカズマ、相手は嵐を司る大精霊なのよ？　となれば、ここは水を司る私の出番に決まってるじゃない！　嵐と水は相性的にバッチリでしょ？　めぐみんには悪いけど、今回はこの私が荒ぶる精霊を鎮めてみせるわ！」

自信満々でドヤ顔をするアクアの言葉に、どうやって余計な事をさせないか悩んでいると、

「しかし、冒険者達にこうも水着姿をジロジロ見られるとあまり気持ちの良いものではないな。めぐみんとゆんゆんは私の陰に隠れていろ。ウィズも、恥ずかしいなら私のマントを羽織るがいい」

そう言って、白のワンピース水着のダクネスが冒険者達とめぐみんの間に入り視線を遮る。

だがそんな事を言いつつもダクネスは、ほんのりと頬を赤く染め、チラチラと男性冒険者達の視線を気にしては身を震わせていた。

そんないつも通りの変態をよそに、俺は近くにいた冒険者の耳元にそっと囁く。

「なあ、ひょっとして毎年こんなイベントやってんの？　もしかして、嵐の大精霊とやらが討伐されなきゃ毎回女冒険者が水着になるのか？」

「おうよ、毎年この季節になる度に嵐の大精霊さんはやってくる。……今でこそこんなだが、最初は大変だったんだぞ？　水着を渋る女冒険者に説得力を持たせるために、全ての男性冒険者が水着になって有用性を示したりな。それはもう暑苦しい姿だったぜ」

こいつら今まで頑張ったんだな。

しかし嵐の大精霊をさん付けするのはやめてほしい。

「それはそうと、今回同行している魔法使い三人は全員カズマと親しいんだろ？　強力な一撃を頼むぞ、期待してるからな！」

期待を込めた男の視線に、俺はふと浮かんだ疑問を口にした。

「強烈な一撃は必要あるのか？　嵐の大精霊に万が一があれば来年からこのイベントはなくなるだろ？　わざわざめぐみんを乗り気にさせず、最初からゆんゆんかウィズだけで良かったんじゃないか？」

男は身を小さくして声を潜めると、

「我を失った嵐の大精霊は、ある程度ダメージを受けると正気に戻る。だがその際に、それまでに蓄積させたダメージ量によってある現象が起こるんだ」

「ある現象？」

俺の耳元で囁いた。

「攻撃を受けた返礼として猛烈な突風を巻き起こすんだ。その威力たるや、春の大精霊、春一番さんの紳士的な一陣の風なんて優しさもなく、身に着けている物全てを吹き飛ばす勢いでな……」

それならなおさらめぐみんは連れて行かない方がいいのでは。

アイツが手加減出来るとも思えないし、そもそも手加減する理由がない。

そんな俺の疑問に答える様に、男はポツリと呟いた。

「つまり高確率でポロリがある」

俺も嵐の大精霊さんと呼ぶ事に決めた。

3

アクセルの街近くの平原を、南に向けて移動する水着の集団。

それは、襲来する台風から街の人達を守るため命懸けで戦いに挑みに行く冒険者の一団であり、変態達の大移動ではない。

ないのだが……。

「しかし酷い絵面だなあ」

「ちょっと、私でさえ言うのを我慢してたんだから黙ってなさいよ！　はた目には凄く頭が悪そうだとか、真面目な顔でなんて格好してるんだとか言っちゃダメだからね？」

「それを口にするって事はお前もそう思ってたんだろ。いい大人達が表情だけは真剣な顔で、水着にサンダル履きで浮き輪抱えてウロウロしてんだぞ。シュールにもほどがあるだろ、今さらながらに魔道カメラを借りてくれば良かったと後悔してるよ」

集団の最後尾でコソコソと会話していた俺達の下に、ダクネスが小首を傾げて近付いてくる。

「どうしたカズマ、お前は嵐の大精霊との戦いは初めてだからな。何か気がかりな事でもあるのか？」

「いや、うん、まあ。その、皆やけに気合い入ってるなと思ってさ」

俺の言葉にダクネスは、真剣な顔で小さく頷く。

「うむ、嵐の大精霊を止められなければ街は多大な被害を受けるだろう。となれば、皆も気合いが入ろうというものだ」

ダクネスがキリッと表情を引き締めて貴族らしく堂々と言ってきた。

水着姿で浮き輪なんて持ってなければもう少し締まったのかもしれない。

「まったく、紅魔族の伝統的な耐水装備に身を包みながらそのだらしない姿は何ですか？　この紺色が水の中に私達の姿を同化させ、この変わった素材が水の抵抗を少なくするのです。ゆんゆんはもっと痩せるべきですよ」

「そうは言っても育つものは仕方ないじゃない。私だって目立ちたくないし、変われるものならめぐみんみたいなシャープなラインを保ちたいわよ」

「よし、嵐の大精霊とやり合う前の前哨戦です。掛かってくるといいですよ」

そんな俺達の前では、腰の位置に浮き輪を通しお子様よろしく歩いていためぐみんが、隣のゆんゆんを威嚇している。

紅魔族の耐水装備とか言っているが、二人が着ているのはスクール水着だ。

きっと日本からこの世界に来たどこかのアホが広めたのだろう。

いやアホは言い過ぎたな、見知らぬ誰かにグッジョブだ。

と、その時だった。

「雨だ……」

誰かの呟きと共に空からポツポツと雨が落ちる。

つまりは俺達が向かう先に嵐の大精霊とやらがいるという事だろう。

そういえば先ほどから風も強くなってきている。

それに伴い曇った空が暗さを増し、遠く雷鳴の音が鳴り響いた。

嵐を司る大精霊。

それが、この先に佇んでいるのだ。

次第に雨の勢いが強まる中、突如として一陣の風が吹き荒れた。

まるでこれ以上進むべからずとの俺達に対する警告の様であり、そんな大自然の驚異を前にした俺達の足は、やがて止まり――

「きゃあっ⁉」

一人の女冒険者が上げた悲鳴の方に、皆が一斉に振り向いた。

見ればビキニタイプの水着を着けた女冒険者が恥ずかしそうに身を屈めている。

おそらく縛りが緩かったのだろう、今の突風でブラが大変な事になったらしい。

周りにいた女冒険者が慌ててマントで隠す中。

「お前ら、こんな程度の嵐でビビッてんじゃねえぞ！」

「「「「おおおおーっ！」」」」

誰かが上げた気合いの声に、俺を含めた冒険者達が猛々しい雄叫びを上げた――！

――警戒を強めて平原を進む俺達の目の前に、やがて大きな湖が現れる。

既に辺りは暴風域と化しており、眼福だと喜ぶ余裕もない。

……というか、湖の中央部分には。

「カズマ、まずはこの私が大精霊を諫めるからね？　他の冒険者の人達に、精霊を刺激しない様に言っといてね？」

「いやまあそれはいいんだけどさ。アレなんなの？　なんか空中に綺麗な姉ちゃんが浮かんでるんだけど、ひょっとしてアレが嵐の大精霊さんってやつなのか？」

「そうよ？　アレこそが水の精霊の遠い親戚、嵐を司る大精霊。精霊には本来の形はなく、人々が思い描く姿に変わると言うわ。水と嵐は切っても切れない間柄よ。きっと人々は嵐という言葉に美しく賢く清らかな水の精霊を連想したのよ。そのおかげで嵐の大精霊もあんな姿になったのね」

自分の眷属である水の精霊をさり気なく持ち上げているのが気になるが、目の前の大精霊を清らかだというのには違和感がある。

たとえるのならやさぐれたお姉さんとでも言うべきか。

暴走していると聞いたはずの大精霊は気だるげな表情を浮かべており、ウエーブのかかった青く透き通った髪と相まって、なんだか水商売のお姉さんを連想させた。

それに向けて殺到しようとする冒険者達。

だがそんな彼らを押しとどめながら、アクアが皆の前に出た。

豪雨と風にさらされながら、アクアは祈る様に両の手を組み、毅然とした表情で、湖の中央で荒れ狂う精霊と見つめ合う。

神話の世界から切り抜かれたかの様なその姿は、いつものアクアからは想像も出来ない神々しさすら感じられ……。

思わず静まり返る皆の前で、両手を組んだまま進み出たアクアが、祈りを捧げる様に目を閉じた。

「汝、我が遠戚にあたる偉大なる嵐の大精霊よ……。水の女神アクアが命ず。その怒りを鎮めなさい……。水の様な平常心を持ち、猛る心を抑えなさい。さあ、水の女神を慕うのならば、今すぐ嵐を止めなさい……」

吹き荒れる嵐にも負けない声で謳い上げる様に告げたアクアは、やがて穏やかな笑みを浮かべると——

突如巻き起こった猛烈な風にゴロゴロと俺達の下まで転がされた。

アクアは地面にうつ伏せで転がされた体勢のまま、しばらくじっと動かなくなる。

そんなアクアに向けて、大精霊が中指をおっ立てた。

「……嵐の大精霊なんて水の大精霊の下位互換みたいな存在のクセに上等じゃないの！　とっ捕まえて家の扇風機係にしてやるわ！」

泥だらけになったアクアはその場にバッと跳ね起きると、再び湖に駆けて行く。

本来なら止めるところだが水場はアイツのテリトリーだ、このまま好きにさせてやろう。

降り注ぐ豪雨に吹き荒れる暴風。

それら自然の驚異を物ともせずに、命知らずの男達が魔法使いを守るべく荒れ狂う湖に向けて飛び込んでいく。

「泳げないヤツは浮かんでいるだけでもいい、的を散らす事が一番大事だ！　魔法使いは死んでも守れ！」

真正面からの突風に腕を交差させていた男が、そんな事を叫びながら耐えている。

ああ、そうか。

「お前ら今年は期待しろよ！　なんせ爆裂魔法二発に上級魔法分のお返しだ。この三つを上手く同時に当てられれば、多分過去最大級のお返しがくるぞ！」

ここにいるのは漢なのだ。

ほんの一瞬の希望のために、命まで懸けられる漢なのだ。

だが、俺だって気持ちは分かる！

「サキュバスサービスは最高だが、たまには本物だって見てみたい！　しかも今日はウィズがビキニだ！　これはかなりの高確率だぞ！」

一人だけいつもの服装だった俺は、周りの冒険者達を励ましながら着ている服を脱ぎ捨てた。

パンツ一枚になった俺は荒れる湖に飛び込むと、浮き輪を付けながら器用に犬かきしているめぐみんに追い付いた。

湖の中央に浮かぶ大精霊には陸からでは魔法が届かない。

なので、こうして泳いで近付いていたのだろうが……、

「おいめぐみん、どうにか大精霊さんの注意を惹いてくるからお前は陸で待機してろ！　爆裂魔法の射程内まで引っ張ってきてやるから今の内に詠唱を頼む！」

「わ、分かりました！　ですが相手は大精霊です、攻撃も効かないのにどうやって注意を惹くんですか？」

そんなめぐみんの疑問に答える事なく、俺はクロールで大精霊の下に……！

「ああっ、カズマ、いいところに！　すまない、ちょっと助けてもらえないだろうか！」

向かう途中で、必死に浮き輪にしがみつき、沈みかけているダクネスに出くわした。

「囮役が必要なこういう時こそクルセイダーの出番だろうに、どうしてお前はボス戦になるとポンコツになるんだよ！」

「そそ、そんな事を言われても！　今まで泳ぐ機会などなかったし、こうも荒れると……！」

浮き輪にしがみついたダクネスを仕方なく陸まで引っ張っていると、その頃にはなんだか戦局の雲行きが怪しくなっていた。

「おい、今回の大精霊さんはいつもと違うぞ？　例年よりも荒ぶってやがる……」

泳ぎに自信のない冒険者なのか、陸に避難していた男が不安気にこぼしている。

見れば大精霊の周囲には風が渦巻き、湖の中央部分がほとんど渦と化していた。

というか大精霊の様子がおかしい。

俺の目には、荒れているというよりも何だか苦しんでいる様に見えた。

自分に近付く冒険者を軒並み吹き飛ばすものの、女冒険者達から放たれる中級魔法はなぜか無抵抗で受け止めている。

精霊には魔法が掛かった武器か、魔法攻撃でなければダメージは与えられない。

だが、その魔法攻撃だけを無抵抗で受け続けているのはどういう事だ？

再び湖に飛び込んだ俺は、謎の行動を見せる大精霊をどうにか陸に引っ張れないかと思案するが……。

と、その時だった。

湖の中央から、冒険者達が陸に向けて泳いできている。

その中にゆんゆんやウィズの姿を見付けた俺は、

「おいどうした？　なんで皆が帰ってきてるんだ？」

「ああっ、カズマさん！　湖の中央まで泳いで行ったアクア様が、大精霊と喧嘩を始めまして……。それで、とても湖の中央に近付ける状態ではなくなってしまい……」

あのバカはどうしてこうも余計な事しかしないのだろう。

「あのアホは俺が引っ張ってくるからウィズ達は陸で待機していてくれ。ついでに大精霊さんも連れて来るから！」

「わ、分かりました、ご武運を！」

陸に帰っていくウィズ達を背に、平泳ぎに移行した俺はゆっくりと湖の中央へ——

4

「ちょっといい加減にしなさいよ!!　どうして私の言う事が聞けないの!?」

『ββγ、Σβαα』

「はー!?　あんたもう一度言ってみなさいよ！」

『ββγ、Σβαα』

「本当にもう一度言うんじゃないわよ、天罰でも食らいたいの!?」

湖の中央では、宙に浮かぶ大精霊と水から頭だけを出したアクアが激しく口論中だった。

「あっ、カズマ！　ねえ聞いて、この子ったら酷いの！　口が悪すぎるにもほどがあるのよ！」

『ΩΣΩΩβαβα……』

「わあああああああ、あんた絶対に許さないからね！」

いや、大精霊が何言ってんのかさっぱり分からん。

謎言語を発する大精霊にアクアが泣かされる中、俺はふと思い付く。

「おいアクア、お前大精霊さんと会話が出来るって事でいいんだよな？」

「どうしてこの口の悪いのをさん付けしてるのか分からないけど、まあ意思の疎通は出来るわね」

『αααα……』

「なんですってええええええ！」

何を言われたのか分からないが、俺は激昂するアクアに向けてこいこいと手招きする。

こちらにやってきたアクアにだけ聞こえる様に、

「おい、どうにか陸におびき寄せられないか？　陸地でめぐみん達が魔法を唱えて待機してるんだ。そこにおびき寄せる事が出来れば……」

「なるほど、あの忌々しい精霊を亡き者に出来るって事ね！」

誰もそこまでは言ってない。

「分かったわ！　さっきはちょっと口喧嘩で負かされたけど、今度こそ……！」

こいつ、暴走中の精霊に口論で負けたのか。

ダメだ、また負ける未来しか想像出来ない。

「おいアクア、口論するならこう言えよ……」

俺が囁いた言葉を聞いて、アクアはふんふんと頷くと。

「ねえあんた。この男があんたの事を……。場末の店で水商売やってる、くたびれたおばさんみたいって言ってるわよ――」

――猛烈な勢いで泳ぐアクアにしがみつきながら、俺は後ろを振り返る。

「おい、もっと早く泳げないのか⁉　大精霊さんが怒り狂ってるんだけど！」

「これでも全力なんですけど！　でも少しだけスカッとしたわ！　さすがねカズマ、日頃から女の子を口論で泣かせてるだけはあるわね！」

「おいやめろ、また変な噂が流れるだろ⁉」

マグロばりに高速で泳ぐアクアのおかげで、陸まであと少しとなった。

そこには魔法の詠唱を終えためぐみん達が待機している。

俺はアクアの背にしがみつき、陸に向かって声を張り上げた。

「おいめぐみん、準備はいいか⁉　気合い入れろよ、お前が大トリだ！　最初はゆんゆん、続いてウィズ、最後にお前の順番で魔法を放つ！」

そしてその後は待ちに待ったお楽しみだ！

「それは構わないのですが、確か嵐の大精霊は暴走中に魔法攻撃を受けると、正気に返った際に受けた分だけお返しをしてくると聞きます！　一度に魔法を三発も叩き込むより、まずは一発ずつ撃って様子を見ては……！」

こちらに向けて叫び返してくるめぐみんに、

「バカッ！　お前はそれでも冒険者か、相手の反撃を恐れてどうすんだ！」

大精霊に追われながらも俺は思わず憤る。

やがて転がり込む様に陸に上がった俺は、めぐみんに食って掛かった。

「嵐の大精霊は毎年暴走すると聞く！　なら、俺達の手でここで終わらせるんだよ、もうこれ以上、台風に悲しむ人を増やす事はないんだ……！」

「カズマ……！　……い、いえ、一瞬納得しそうになりましたが、それならまずはゆんゆんが一発食らわせて、正気に戻ったところを我が必殺魔法で不意討ちするという手もあるのでは……」

その時だった。

「見損なったぞ爆裂娘！　あんたなら真っ向から勝負を挑むと思ってた！」

俺達の会話を聞いていたのか、そんな叱咤を飛ばす一人の冒険者。

それに続いて別の冒険者もまた声を上げる。

「ああ、あんたは誰よりも無鉄砲で無茶なヤツだと思ってた。アクセル一の命知らずだってな！　それがなんてザマだ、相手の反撃を恐れてチマチマやる？　ガッカリだぜ！」

「な、なにおう！　……そこまで言うのであればいいでしょう。紅魔族の本気というヤツを見せてあげますよ！　さあゆんゆん、いきますよ！」

「わ、分かったわ！　そうよね、街の皆を思うのなら、ここで倒し切った方がいいに決まってるわよね！」

冒険者の挑発にめぐみんの目が紅く輝き、それに伴ってゆんゆんが前に出た。

そんな紅魔族達を見送りながら、俺に親指を立ててくる二人の冒険者。

俺は二人によくやったと親指を立て返しながら、ウロウロしていたダクネスを捕まえる。

「頼むぞダクネス、今こそお前の出番だ！　めぐみん達が倒し切れなかったなら過去最大級の返礼がくる。その時はお前が皆を守ってくれ！」

「任せておけ！　ボス戦では役立たずの汚名を返上してやる！」

その意気だ、よろしく頼むぞエロ担当！

……と、俺は前に出たダクネスを見てふと気が付いた。

こいつの水着、ワンピースじゃん。

これじゃあ強烈なのを食らってもポロリがないじゃん。

むしろこいつが前に立ってたら他の人達が守られちゃうじゃん。

「おいダクネス、ちょっと待……」

俺が呼び止めようとしたその時。

いつになく気合いの入ったゆんゆんが、目を紅く光らせながらワンドを構える。

その視線の先はこちらに迫る大精霊に向けられていた。

「ゆんゆん、今こそ紅魔族の本気を見せるのです！」

「お父さん、お母さん……！　紅魔族に生まれて今初めて感謝してます！　私、今皆に頼りにされてるの！　『ライトニング・ストライク』！」

おそらくはその一発に全魔力を注いだのだろう。

叫ぶと同時にふらりと倒れるゆんゆんが、ウィズに支えられながらも顔を上げた。

その視線の先では大精霊が、天から放たれた一条の落雷に体を撃たれ、大きくビクリと身を震わせる。

それに伴い荒ぶっていた大精霊の体がほんの少しだけ薄くなった気がした。

「では続いて参ります！　これ以上街の人達を悩ませるわけにはいかないんです！　『エクスプロージョン』！」

続けてウィズが放った爆裂魔法が、吹き荒れる嵐の奔流すらも押し返し大精霊へと突き刺さる。

轟音と共に湖が大きく波打つ中、大精霊がどうなったかの確認を終える間もなく……！

「我が力、我が名において、嵐の大精霊に終焉を！　紅の奔流を食らうがいい！　『エクスプロージョン』――ッッッ!!」

大魔法の三連発の大トリを務めたせいか、変なテンションのめぐみんが極めつけのトドメを放つ。

……それらを見ていた俺は、正直なところ焦っていた。

これ、大精霊さん消えちゃったんじゃないだろうな？

いや、冬の大精霊である冬将軍だって爆裂魔法の一撃では倒せないと聞いている。

多分大丈夫……！

大丈夫、な、はずだが……。

と、相変わらずの豪雨に加え爆発で巻き上げられた水が激しく降り注ぐ中、やがて視界が晴れていくと……、

「おおっ、耐えてる！　大精霊さんがまだ耐えてるぞ！」

そこには、先ほどまでの怒りの表情もなく穏やかになり、薄くなった大精霊が漂っていた。

それを確認した俺は、冒険者達と共に歓声を上げる！

それを見て、ゆんゆんを介抱していたウィズが悔し気に顔を顰め、

「あの、トドメを刺し切れなかったのに、皆どうしてそんなに喜んでいるのですか？」

地面に倒れたままのめぐみんが、俺達にツッコミを入れてくる。

というか、なぜかダクネスまでもが喜んでいるがアイツの場合は強烈な一撃を期待しての事だろう。

が、今はそれどころじゃない、これからが本番だ！

とっととダクネスを下がらせないと……、

「大精霊さんが笑ってる？」

と、誰かのこぼした呟きに、皆がハッと気が付いた。

大精霊が小さく頭を下げてこちらにお礼を言っているその姿に。

気が付けば先ほどまでの嵐も収まり、大精霊は穏やかな表情を浮かべていた。

……ああ、なるほど。

「あの子、海上の魔力溜まりで魔力を吸い過ぎちゃって自分が抑えきれなくなっていたのね。精霊は魔力が命の源だもの、ダメージを受ければ魔力を使って回復するわ」

それを見ていたアクアの言葉に、無防備に魔法攻撃を食らっていた事に納得した。

あの大精霊は、毎年増えすぎた魔力を消費するためここにやって来るのだ。

『γΣγα？　α、Δβγ！』

優し気な表情の大精霊が、理解出来ない謎言語で呼びかけてくる。

「あら？　食べ過ぎた魔力の消化を手伝ったお礼だなんて、別に気にしなくてもいいのに。でもそうね、どうしてもって言うのならもらってあげても構わないわよ？」

謎言語をアクアが解読し、それにより今度こそ確信した。

お礼。

そう、正気に戻った大精霊が水着姿の冒険者達に強烈な突風を浴びせるのは、彼女なりのお礼なのだ。

大精霊がこちらに向けて手をかざし。

その、お礼が――！

「『セイクリッド・ブレイクスペル』！」

大精霊から放たれようとした瞬間、アクアが魔法を解き放つ。

大精霊のお礼とやらは、アクアの手により掻き消された。

「ちょっとあんた、お礼とか言っときながら何考えてんのよ！　今すんごい風を叩き付けようとしたでしょう！」

『β、βΣΩβ』

「ちょっと、誰が空気読めない人よ！　お礼とか言いながら攻撃しといてバカにしてんの⁉」

　空気読めないアクアを前に、男性冒険者達が呆然と佇む中。

『αααα……』

「ねえ、なんでこの街の冒険者達がかわいそうなの？　あんたの奇襲を防いであげたんだから感謝される事はあってもかわいそうな事なんて何もないわよ？」

　嵐の大精霊さんに向け、こう願わざるを得なかった。

『βΩ、γγγ……』

「ねえ。なんか、また来年もお願いしますとお伝えください、って言ってるんですけど」

　こちらこそ、来年こそはお願いします。

〇〇料理を召し上がれ……！

1

「痛っ！」

それはある日の昼下がり。

屋敷に遊びに来ていたクリスが、ちょむすけに引っ掻かれて悲鳴を上げた。

「……いきなり何すんのさ。キミってば、ちょっとばかり可愛いからって赦されないよ？」

「フーッ！」

ソファーに寝そべる俺の前では、人懐こいちょむすけにしては珍しくなぜかクリスを威嚇している。

口では怒ったような事を言いながらも、ちょむすけを触りたそうに手をワキワキさせているクリスの前で、俺はわざと見せ付けるように。

「よしよし、ちょむすけ、こっち来い。俺がブラシを掛けてやろう」

「にゃーん！」

「あっ！　ちょ、ちょっと！」

こいこいと手招きすると、ちょむすけがソファーに飛び乗り、俺の胸の上で丸くなる。

寝そべったままブラシを掛けてやっていると、クリスの隣で本を読んでいたダクネスが、

「……ちょむすけはどうしてカズマにだけ懐くのだろうな。めぐみんは飼い主だから別としても、私にも未だに触らせてくれないのだが……」

そう言って、少し羨ましそうにちょむすけとイチャつく俺を見てくる。

この猫はダクネスから餌は貰うクセに、触ろうとすると前足でそっと手を除けるのだ。

そしてアクアに対しては先ほどのクリスのように引っ掻いてくる。

「動物って人の心に敏感だって言うだろ？　コイツは俺の人間性を見抜いて懐いたんだよ」

「カズマの人間性というと……。猫並みに怠惰なところにでも惹かれたのだろうか？」

休暇中の歴戦の冒険者に向かってなんて事言ってくれるんだ。

「うーん、あたしのくもりなきまなこが、この子は魔に連なる存在だって訴えかけてるね。アクアさんやダクネスに懐かないのも、きっと聖職者を嫌ってるからだよ」

「クリスまでアクアみたいな事を言い出したな。でもそれだと、盗賊のクリスが敵視される理由がないじゃん」

何気なく言った俺の言葉に、クリスがビクリと身を震わせる。

「そ、それは……。ほら、さっきキミが言ったじゃない？　動物は人の心に敏感だって。この邪悪な毛玉君はあたしの清らかな心を嫌ってるんだよ」

「初対面でいきなりスティール勝負を仕掛けたクセに何言ってんだ」

と、本を読んでいたダクネスが、俺とクリスのやり取りを聞いてクスクスと笑い出した。

「ほらクリス、お嬢に笑われてるぞ。自分から勝負を仕掛けたのにパンツを剝がれた、不甲斐ない友人で情けないって」

「酷いよお嬢！　笑うのを止めないとスティールするよ！」

「二人ともお嬢呼ばわりは止めろ！　それに、そういう意味で笑ったのではないぞ！」

読んでいた本にしおりを挟み、お嬢がこちらに向き直る。

「私以外とはパーティーを組まずソロ活動が多いクリスが、こうしてカズマと楽しそうにしているのが嬉しくてな。友達がいないのかと心配だったが、ちゃんと社交性があって安心したというか……」

「おっと、これはスティールの刑だね。カズマくん、お嬢を押さえて」

「よし、協力しよう。そういえば俺もダクネスにスティールした事ないな。どっちが良い物を奪い取るか勝負しないか？」

お嬢様らしからぬ勢いでダッと逃げようとするダクネスに、クリスが片手を突き出すと。

「『バインド』！」

「こ、こらっ、拘束スキルまで使うとはまさか本気か⁉」

クリスにロープで拘束され、絨毯に転がったダクネスが慌てて叫ぶ。

「待て、待つんだクリス！　縛り上げた上、二人掛かりでスティールで一枚一枚剝いでいくだとか、貴族令嬢である私がそんな事をされた日には……！」

「お嬢が喜んでるじゃないか、どうにかしてくれよ。一応コイツの友人なんだろう？」

「うーん、昔はここまで酷くはなかったんだけど……。たまに思うんだけど、この子本当に大貴族のご令嬢なのかなあ……」

と、縛り上げられたダクネスがふと真面目な表情を浮かべると。

「そうだった、二人が何だか楽しそうで邪魔しないでおこうと思っていたのだが、クリスに来てもらったのは他でもない。その、大貴族のご令嬢として頼みがあるのだ」

「コイツ、生意気にもこんな姿でお貴族様オーラを出してきたぞ。動けない今のうちに顔に落書きしてやろうぜ」

「急に真面目モードに入ったって赦されないよ。『私はえっちでダメな子です』っと」

「ああっ、や、止めっ！　せめて落ちる塗料で頼む！　明日は大事な用があるのだ！」

クリスに落書きをされながら、ダクネスが満更でもなさそうな顔で訴えた。

――ダクネスのクリスへの頼みとは、明日の大事な用とやらに付き合って欲しいそうだ。

俺は付き合わなくていいのかと尋ねたが、クリスだけで十分だとの事。

まあ、二人は長い付き合いらしいし、たまには友人同士で遊びたいのだろう。

………………。

「そういえば、さっきクリスに友達がいなそうな事を心配してたけど、ダクネスも友達いなくないか？　俺、お前の友人とか見た事ないぞ」

「ぶ、無礼な事を言うな、貴族仲間ならたくさんいるぞ！　お前に紹介出来ないだけだ！」

コイツ、未だに縛られたこの状況で言いやがる。

どうして俺に紹介出来ないのか体に聞いてやるとしようか！

「おい、その手は何だカズマ、動けない私に何をする気だ……！　ク、クリス、助けて……おい、お前まで一体何を……！」

くすぐり回されグッタリとしたダクネスの拘束を解くと、クリスが窓の外に目をやった。

「……もう夕暮れだけど、二人とも遅いねえ？」

二人というのはめぐみんの日課に出掛けたアイツらだ。

なぜか今日に限って、アクアがめぐみんのおんぶ当番を買って出たのだが……。

「どうせ間の悪いアクアが何かやらかしてモンスターに追い掛けられて、ドヤ顔のめぐみんが後先考えず魔法撃って、爆音に釣られたカエルに酷い目に遭わされているんだろ。そろそろ、周囲の冒険者に助けられた二人が泣いて帰ってくる頃だ」

「いくらなんでもそれはないよ、あの二人も十分ベテランなんだから……。ねえ、キミってば仲間への信頼とかが足りなくない？　ダクネスも何とか言ってやりなよ」

そう言って呆れたような視線を向けてくるクリスだが。

「……とりあえず、私は風呂の用意をしてこようか。カズマは玄関から風呂までの間に新聞紙を敷いといてくれ。カエルの粘液が絨毯に染み込むと落としにくいからな」

「ダクネス!?」

と、クリスが驚きの声を上げたその時だった。

玄関のドアが開かれると、湿り気のある足音と共にテラテラした何かが現れた。

「帰りましたよー」

「うっ、うえっ……ネトネトするよう……生臭いよう……」

泣きじゃくるアクアに背負われためぐみんが、よろめきながら玄関に足を下ろす。

二人は一刻も早く風呂に入りたいのだろうが、それに慌てたダクネスが、カエルの粘液でテラテラしためぐみんの前に立ち塞がった。

「ま、待て二人とも、そのまま上がるな！　今新聞紙を持ってくるから……」

テラみんはそんなダクネスを一瞥すると、口元をニヤリと歪め。

「おっとダクネス、今日はまた一段とお嬢様チックな服装ですね。どうしたのですかその格好は？　クリスが遊びに来たので、これから夜遊びにでも行こうというのですか？　さすがはえっちでダメな子ですね」

「顔の落書きの事には触れないでくれ。というか、これは実家から送られてきたお気に入りの服だが……。な、なんだめぐみん、その顔は？　おい、どうしてにじり寄ってくる！」

顔を引き攣らせて後退るダクネスに、ヌルみんが突然襲い掛かった。

「我が名はめぐみん！　爆裂道を極めんとする私の前に立ち塞がる者は、それが貴族のお嬢様であろうと容赦はしません！　ふはははははははは、私達は仲間じゃないですか、ダクネスだけ綺麗なままではいさせませんよ！」

「ああっ⁉　ちょっ、やめっ……！　くうっ、お気に入りの服ごとカエルの粘液でヌルヌルにされ、しかもあられもないその姿を友人やカズマの前に晒すとは……！　これではダスティネス家のご先祖様に顔向け出来ない……！」

「本当だよ、お前は一度ご先祖様に謝ってこい」

そんな光景にドン引きしながらクリスが思わず呟いた。

「……キミ達とパーティー組んでから、ダクネスがどんどん汚れていくなあ……」

コイツは元からこんなんだよ。

2

そんないつもの光景が繰り広げられた、その翌日。

クリスが泊まった事で皆で遅くまで遊んだせいか、俺は夕方近くに目を覚ました。

腹を空かせて階下に下りると、めぐみんとアクアがソワソワしながら待っていた。

今週の食事当番はダクネスなのだが、今夜はクリスとの用事とやらが控えている。

ダクネスから別の日に当番を変えて欲しいと頼まれたのだが、それなら今夜は俺達も外食で済まそうという事になったのだ。

……と、俺を上から下まで眺めたアクアが。

「ねえカズマ、せっかくお高い店に行くのに、ジャージは無いんじゃないかと思うの」

「ジャージはニートの正装だ。いわば勝負服なんだからこれでいい」

「この男、とうとうニートである事を認めましたよ」

というか、めぐみんは一張羅である黒のワンピースを着ているが……。

「お前だっていつものヒラヒラした格好じゃん。俺の事言えるのかよ？」

「この服は女神の正装よ。いわば勝負服なんだからこれでいいわ」

コイツ、俺と同じ事言いやがって。

――街に繰り出した俺達は、普段は足を踏み入れない富裕層が住む区域にやって来た。

道行く人々もどことなく着ている物が高そうだ。

「カズマさんカズマさん、私、あそこのお店がいいわ。お金が無かった頃ならともかく、今の私達なら多分きっといけると思うの」

そう言ってアクアが指差したのは、道沿い側がガラス張りになっているオシャレな店。

俺とアクアはガラスに張り付き店内の様子を覗った。

「見ろアクア、中で食べてる連中やウエイターの格好を。皆パリッとした綺麗な服着て、庶民は入店お断りオーラを醸し出してるぞ」

「なんて事かしら、見なさいな彼らの顔を。まるで変な輩に絡まれたみたいに、私達の方を見向きもしないわ。下々の者とは目も合わせられないって事ね！」

ガラスにへばり付く俺達の視線を浴びて、金持ちそうな客がなぜか慌てて目を逸らす。

そんな俺達から一歩離れためぐみんが、

「二人ともよく見てください、中にいるのはおそらく貴族の方ですよ。ダクネスほど綺麗な色ではありませんが、ところどころ金髪や碧眼の人が見受けられます」

「なるほど、貴族御用達店というヤツか。かなり高そうな店だが、万が一金が足りなかったらダクネスの名前を出してツケてもらおう。お嬢様なアイツの事だ、きっとこの店の店員とも知り合いなはずだ」

「そうね、仲間ってのは助け合うものだもの、ピンチになったらダクネスに頼りましょう。それに私達は冒険者よ、冒険しないでどうするの！」

俺とアクアがドアを開けるとウエイターがすっ飛んできた。

「お、お客様、その……当店ではドレスコードというものがありまして……」

「俺は冒険者の佐藤和真だ。つまり、この格好が正装なんだが？」

「私はアークプリーストのアクアさんよ。そしてアークなプリーストの私も、もちろんこの格好が正装よ」

冒険者たるもの舐められてはお終いだ、ここは強気で押し通すべきだ。

「……お客様、当店はどなたかのご紹介が無ければ入れない上に、本日はやんごとなき身分の方々が貸し切りにされておりまして……」

この世界にも一見さんお断りの店がある事に驚きだが、やんごとなき身分の方々というのは、つまりお貴族様の事だろう。

俺達が並の冒険者であればここでビビって逃げ出すのだろうが……。

「やんごとなきお方が何だってんだ、ここにおわすのはアクシズ教の女神様だぞ」

「私をもてなした暁には、水の女神様御用達の看板を出させてあげるわ」

「日替わりランチのチケットを差し上げるので、今日は本当に帰ってください」

……と、その時だった。

チケットをもらってホクホクしていた俺達の下に、駆け寄ってくる一人の女性が……。

「お前達は一体何をやっている！　すまない、この二人は私の知り合いで……。こ、こらっ、三人とも逃げようとするな！」

昨夜以上にお嬢様然とした姿のダクネスが、逃げようとした俺達を捕まえた――

「どうしてお前達はこんな店に現れたんだ。ここは庶民にはおいそれと来れない店だぞ？」

貴族達の好奇の視線を浴びながら、ダクネスが困り顔で言ってくる。

「おっと、昔ならともかく小金持ちになった今の俺なら、多少の贅沢ぐらい出来るんだぞ、ララティーナ」

「そうよ、私達だってそれなりに稼いでいるのよ、ララティーナ」

「ちなみに私は無関係ですよ。お店の人に絡んでもいませんからね？」

「下の名で呼ぶのは止めろ！　あとめぐみんも、止めなかった時点で同罪だ！　いいかお前達、今夜は見ての通り貴族のパーティーだ。その、あとでお土産を持って帰るから……」

ララティーナが取り乱す姿が珍しいのか、貴族達が興味深そうにこちらを見守る中、主催者と覚しき一人の貴族令嬢がこちらへ近付き口を開いた。

「変わったお客様がお越しになったようですが……。ララティーナ様のお知り合いの方でしたら素性もしっかりしてるでしょうし、このまま残られても構いませんよ？」

赤いドレスを着た金髪碧眼のお姉さんは、そう言ってクスクスと笑みをこぼす。

「いや、この三人は冒険者を生業としているので、こういったパーティーには不慣れのはずだ。カズマ、ここに居るのは貴族ばかりだ、緊張で食事も喉を通らないだろうから……」

そう言って諭すように言うダクネスに、

「冒険者を生業としている俺達が、今さら緊張なんてするわけないだろ？　大丈夫、いくら俺でも貴族様相手に無礼を働いたりはしないから安心しろ。ちょっとコネを作るだけだ」

「カズマさんの言う通りだわ。高そうなお酒があるけど泥酔するまで飲まないから安心してちょうだい。お土産は一番高いヤツを一瓶だけで我慢するわ」

「私もダクネスに恥をかかせないよう、料理を持ち帰るのはほどほどで我慢しますよ」

「晩飯代として小遣いをやるから帰ってくれ！」

――お店の隅っこに連行された俺達は、ダクネスから帰るように説得されていた。

ダクネスの説明によると、今夜はいつものパーティーとは毛色が違うらしい。

警備の面から考えて、普通は主催者の屋敷で行われるのが貴族のパーティーらしいのだが、これは美食を愛する貴族達による珍味を楽しむパーティーらしい。

……なるほど、だから会場がお店で、しかも俺達みたいな珍妙な客が来たにもかかわらず、皆が料理に夢中なわけだ。

たまにチラチラとこちらを見る貴族がいるが、目が合った瞬間にバッと逸らされているのは気のせいだろう。

「それにしても、ダクネスもちゃんとこういうパーティーに参加するんだなあ。お見合いも嫌がる放蕩令嬢のクセにそこそこ義務を果たしているじゃないか」

「誰が放蕩令嬢だ！　……いやまあ、確かに立派に義務を果たしているかと問われれば、そこそこですとしか答えようがないのだが……」

跡継ぎが必要な貴族の一人娘のクセに、婚約者を作らない事は一応気にしているらしい。

「じゃあ、俺達はダクネスの邪魔しないよう大人しく飯食ってるから、遠慮なくイケメン貴族をゲットするなり格下貴族をいびるなりしてきてくれ」

「お前は貴族のパーティーを誤解している！　くっ、皆どうしても帰らないのだな？　しようがない、お前達には本当の事を話しておくが……」

ダクネスはそう言って、聞き耳を立てている者がいないか辺りを見回し。

「実は、度々行われているこのパーティーなのだが、以前から不穏な噂が流れていてな。というのも、このパーティーでは禁制の食材が提供されているのではないか、と……」

いつになく真面目な表情で、声を潜めて言ってきた。

……禁制の食材というと、たとえば地球だと、ワシントン条約で保護されてるような絶滅危惧種とか、そんなんだろうか？

「……なるほど。下級貴族の分際で自分を差し置きそんな稀少な物食いやがってと、公爵家のお嬢の権力で独り占めしに来たわけか」

「ズルいわダクネス、私だって食べたいわ！　ねえ、私達仲間よね⁉」

「そういう事なら、珍味について一家言ある私がぜひとも味見してあげましょう」

「禁制品を取り締まるために潜入したのだ！　平気で法を破ろうとするな！」

と、ダクネスが訴えてきた、その時だった。

店のドアが開くと共に、ちょっと背が低めの美少年が現れる。

その少年は辺りを見回すと、やがて真っ直ぐこちらへ向かってきて……。

「遅れてごめんね。……っていうか、皆も来てたんだ？」

黒のタキシードを見事に着こなした銀髪の美少年、いや……。

「ねえダクネス。遅れた事は謝るけれど、渡されたこの服について話があるよ」

憮然とした表情のクリスが、ダクネスにじと目を向けながら囁いた。

3

遅刻してきたクリスと共に、ダクネスに控え室と思われる個室に連れて来られた。

「ふぉれで、ろうしてこんな格好させたのか、そろそろ事情をひこうかな」

未だ納得いかなそうな表情で、会場から盗ってきた鳥足を頬張り、クリスが言った。

「このパーティーで犯罪行為が行われているとの噂があるのだ。それで、信頼のおけるクリスを呼んだのだが……」

ダクネスが申し訳なさそうな表情を浮かべ説明すると、

「そっか。それで、あたしは何をすればいいの？」

クリスはそう言って、詳しい話を聞こうともせず笑顔で応えた。

大衆の前で男装させられているにもかかわらず、事情も聞かずに快諾するクリスは、やはりダクネスの親友なんだなと再認識する。

長い付き合いの二人だ、今さら口にしなくても互いに信頼しあっているのだろう……。

「うむ、昔から私がパーティーに出ると家柄目当ての男が寄ってくるからな。それでは調査どころではなくなるから、クリスは私の恋人役を……あっ、あっ、な、何をする！」

「この子は一度本気で懲らしめないといけないみたいだね！　男物の服着たぐらいで、どうしてあたしが男の子に見えるのさ！」

そう言ってダクネスの頬を引っ張るクリスは、変声期前の美少年にしか見えない。

長い付き合いの二人だが、信頼関係なんてこんなもん。

……あれっ⁉

「おいダクネス、ちょっと待てよ！　恋人役が必要なら俺を誘えば良かっただろ！」

「お、お前、日頃の行いをよく考えてから言ってみろ。会場でよその貴族令嬢に鼻の下を伸ばしていた男が何を言うんだ……」

貴族というのはコイツも含め、見てくれだけは美形が多いから仕方がない。

「まあ、そういう事なら私も協力してあげるわね。だって私達は仲間ですもの！」

「ええ、ダクネスを放っておくわけにはいきませんからね。紅魔族の頭脳が光る時です」

意気込む二人にダクネスが、どことなく帰って欲しそうにしながらも。

「それでは、クリスはあらためてパートナー役を頼む。会場内の料理を調べ禁制品が使われていないかを確認する間、お前達は……ええと、貴族達の注意を惹いてくれれば……」

遠慮がちに言うダクネスに、アクアとめぐみんが頷くと。

「私の宴会芸の出番というわけね、任せてちょうだい」

「違いますよ、偉ぶっている貴族に喧嘩を売り注目を浴びろという意味ですよ」

「大人しく食べていてくれればそれでいい！　多分それだけで注意は惹けるから！」

――会場に戻ってきた俺達は、貴族達への紹介もそこそこに料理を貪り食らっていた。

「はるまはんはるまはん、ふぉっちのエビがおいひいわよ！」

「ふぉの魚もなかなかふまいろ！　ふぉんなにふまい料理をふったのは初めてら！」

アクアと共に料理を頬張る俺に向け、貴族達は呆れた視線を……、

「それは当家が用意した威勢エビとちょうちん暗光ですな！　いや、平民にこの味は分かるまいと思っていたのに、なかなかどうして！」

いや、楽しげな笑みを浮かべながら、感心するように俺を見ていた。

口の中の物を飲み下し、俺は男に礼を言う。

「エビも魚も大変に美味でした。プリプリしたエビの身がクリームソースによく合って、白身の魚もポン酢との相性が素晴らしいです。どこか聞き覚えのある食材ですが、コイツらはお高いんでしょう？」

「ああ、もちろんだとも！　堅い外殻を持ち好戦的な事で知られる威勢エビは、高レベル冒険者でなければ返り討ちにされる事が多い！　そして、ちょうちん暗光は闇と光属性の魔法を操る強敵だ。捕獲依頼を出すのにかなりの大金を積み上げて……」

食材を褒められたのが嬉しかったのか男が饒舌に説明を始める間にも、アクアがふんふんと感心しながら頰をリスのように膨らませ料理を頰張る。

マナーがなっていないと顔を顰める事もなく、会場の貴族達は皆どことなく嬉しそうだ。

アレだ、孫に飯を食わせる婆ちゃんの表情だ。

食に拘るだけあって、自分が美味いと思う物を振る舞い、それで喜ぶ姿を見るのが好きなのだろう。

「そこの少年、こちらの料理もお食べなさいな。北海の荒波で育った海竜を特別な調理法で仕上げた物よ。通常は堅くて食べられない海竜が、錬金鍋で長時間煮込む事でスプーンで切れるほどに柔らかく……」

「いや、こちらのキング大トロサーモンのソテーをオススメしよう。贅沢にも、当たり年のロマネコンスタンティをふんだんに使った自慢の一品で……」

「キミ達はなかなかリアクションが良い。ここに集まった者達はこの世にある珍しい食べ物はほとんど食べ尽くしたから、新鮮味がなくてね。こちらは、スカーレットオーシャンネロイドのシャリシャリ風味、デッドリーヘブンマッシュを添えて。レベルが低い者が食べると危険が伴うが、後味がサッパリしていて……」

　貴族達があれもこれもと色んな料理を食わせようとする中、俺達から離れた場所で取り残されたような形のダクネスが、クリスと共に唖然としている。

「……ねえダクネス、こういったパーティーに参加すると男の人が寄ってきて困るんじゃなかったの？」

「そ、その、他のパーティーでは確かにそんな感じだったのだが……」

　わざわざ男除けとしてクリスを連れて来たのに、誰も口説きに来ない事で、ダクネスがちょっとだけ拗ねていた。

　そして、そんなダクネスの視線の先では、まるで動物に餌付けする飼い主のような表情で貴族達がめぐみんを取り囲んでおり……。

「めぐみんと言ったね、さあ食べなさい、もっと食べなさい。遠慮する事は無いのだよ！」

「こんなに小さな体なのに、一体どこに入るのかしら。そんなにお腹を空かせていたの？

お代わりはいくらでもありますからね？」

「これほど美味そうに食べられると、料理を用意した我々としても気持ちが良いな。さすがはダスティネス家のご令嬢だ、粋なゲストを招かれる」

「ええ、ダスティネス様はこういった催しに興味が無いと思っていたのだが、とんだ勘違いでした。美食はこういった楽しみ方もあるのだと思い知らされましたよ」

と、そこではめぐみんが、勧められる全ての料理を凄い勢いで平らげていた。

感想を言う時間すら惜しいのか、ひたすらに食べていためぐみんだが、とある料理を口にした瞬間に動きが止まる。

それまで温かく見守っていた貴族令嬢の一人が、慌てたように口を開く。

「ど、どうされました？　それは私が用意させたのですが、口に合いませんでしたか？」

おずおずと尋ねる令嬢に、口内の料理を飲み下しためぐみんは懐から何かを取り出すと。

「いえ、この料理があまりにも美味しかったもので、持ち帰って両親と妹に食べさせてあげようかと思いまして……ああっ、ダクネス、何をするか！」

「失礼、この者達は冒険者なため礼儀という物を知らなくてな！　めぐみん、頼むから食べるだけで我慢してくれ！」

タッパーのような物に料理を詰めようとしためぐみんを顔を真っ赤にしたダクネスが止

める中、料理を用意した令嬢は、むしろ嬉々とした表情を浮かべている。

「いえいえ、それほどまでに気に入って頂けたのでしたら、こちらとしても嬉しい限りですわ。ですが日持ちしない料理ですので、持ち帰るのはオススメしませんが……」

「私のライバルを自称する娘に料理ごと凍らせてもらうので大丈夫です。それよりダクネスは私に構っていてもいいのですか？　美味しい料理が無くなってしまいますよ？」

　めぐみんに指摘され、ダクネスが本来の目的を思い出したのかハッとする。

　俺は素で料理に夢中だったが、めぐみんが皆の前で遠慮無く食いまくったり、料理を持ち帰ろうとして注目を浴びたのは、ダクネスを動きやすくするための作戦だったようだ。

「そ、そうだな！　それでは私も料理を頂くとしよう！　パートナーであるクリスを放っておくわけにもいかないからな！」

　そう言ってダクネスがクリスの方を振り返り……。

「なるほど、クリス様は盗賊を生業とされているのですか。頬の傷がワイルドで素敵ですわ！　ささ、こちらの料理もオススメです！」

「なるほど、別にダスティネス様の婚約者というわけではないのですね？　ああ、私は準男爵家の者なので、身分の差はお気になさらず砕けた口調で結構ですよ！」

「私は男爵家の者ですが、三女ですからね！　家は兄上が継ぎますので、私は無理に貴族の下に嫁がなくてもいいと父上が……」

「クリス様は何というかこう、隙が多いと言われませんか？　私のような年上のお姉さんに言い寄られたりした事は？」

なんかクリスがめっちゃモテてた。

いや、男装したクリスは確かに美少年にしか見えないが、コレはない。

クリスは困ったような表情を浮かべながら助けを求める視線を送ってくるが、パーティーの調査をするなら今がチャンスだ。

「美味しい料理に美味しいお酒ときたら、当然余興が必要よね。ここは私が、とっておきの宴会芸を披露するわ！　さあ、ここに取り出した一枚のハンカチが……」

と、いい感じに酔っ払ったアクアがタイミングよく宴会芸を見せ始める。

貴族たるもの、芸の類いにも目が肥えているのか、ハンカチを取り出したアクアに向けて、期待するでもなく苦笑を浮かべるのみだった。

アクアが注意を惹いている間に、俺はダクネスの下に近付くと、

「おい、どうだ？」

「カズマか……。放置プレイは嫌いじゃないが、ここまで誰にも相手されないと……」

そう言ってちょっとだけ頰を染め、羨ましそうな顔で注目を浴びるアクアを見るダクネスだが、誰が今の気持ちを言えっつった。

「お前が注意を惹けって頼んだんだろ、禁制の食材はあったのかって聞いてんだ！」

「そ、そうだった、こんな扱いは新鮮で、つい……！　禁制の食材は見当たらなかったが、形が残らない料理だと分からないからな。厨房を調べられれば簡単なのだが……」

そういう事なら話は早い。

「よし、アイツらが注意を惹いてる間に俺達二人でコソッと行くぞ」

皆が注意を惹いてるが、さすがに大物貴族のダクネスがいなくなれば不審に思う者がいるかもしれない。

俺に手を引かれたダクネスが疑問符を浮かべる中、主催者と思われる令嬢に一声掛ける。

「すいません、ウチのお嬢様がトイレ行きたいって言うんですが、トイレの場所ってどこですかね？」

「お、お前、覚えていろよ……！」

せっかくパーティー抜ける理由を作ってやったのに。

――ダクネスと手を繋いで潜伏スキルを使った俺は、厨房と覚しき場所にやって来た。

そこではコックさんが忙しそうに働いており、現在はデザートの作製に集中している。

（……なあダクネス、ここって厨房のはずだよな？　この人達一体何やってんの？）

コックさんの行動に俺は思わず小声で尋ねる。

（アレは遠い国の変わった菓子を再現しているのだ。貴族の中でもごく一部の者にしか知られていない、非常に珍しいお菓子だぞ？）

囁き返すダクネスだが、金平糖みたいな砂糖菓子に、数人のコックさんが怪しげな薬品と共に何かの魔法を掛ける姿は、菓子作りというより魔法実験にしか見えなかった。

（いや一体どんな菓子だよ。っていうか、お菓子に振りかけてるあの薬ってウィズの店で見た事あるぞ。アレって衝撃を与えると爆発するポーションだろ！）

（その通りだ。信じられないかもしれないが、あの菓子は口の中に入れると爆発するんだ。私も一度食べた事があるが、なかなか刺激的な味わいで……）

やっぱこの世界の住人と食べ物はどっかおかしい。

……いや、待てよ？

（なあ、そのお菓子って俺みたいな黒髪で変わった名前のヤツが伝えなかった？）

親戚の叔父さんから、昔、口に入れるとパチパチと音がするキャンディーが流行ったと聞いた事があるのだ。

(なんだ、カズマも知っていたのか？　そうだ、防御力が低い者が口にすると大惨事になるが、高レベルの貴族がたまに食すのだ)

やっぱ俺の知ってるお菓子とは違うみたいだ。

口の中で弾けるお菓子は命にかかわったりはしなかった。

……と、厨房の中を見回していると、そこに小さな鳥籠が置かれているのを見付けた。

食材でも入っているのかと目を凝らして見れば――

4

「それで、コックさん達の隙を突いて、この子を持って帰って来ちゃったの？」

翌日、俺達の屋敷の広間にて、鳥籠の中を覗きながらクリスが言った。

厨房で鳥籠を見付けた俺達は、パーティーもそこそこに持ち帰ってきたのだが……。

アクアと共に目を輝かせながら鳥籠を見ていためぐみんが。

「これがフェアリーというヤツですか。私も初めて見ましたよ」

籠の中の妖精に話し掛けるように、小さな声で言ってきた。

——そう、厨房に囚われていたのは妖精だった。

禁制の食材とか言うから中毒性のある物だとか、もしくは稀少生物かと思っていたが、いくら何でもコレは無い。

難しい顔で両腕を組んで、助け出した妖精をどうしたものかと悩むダクネスに。

「えっと、一応聞いておくけどフェアリー食うのって禁止されてるのか？」

と、俺はあくまで確認のために聞いたのだが、その場の皆がドン引きだ。

「このニートはとうとう人の心を無くしちゃったのかしら。こんな可愛いのを食べようだなんて、よくそんな発想が出てくるわね」

「ち、違……！　だってあの場にコイツが居たって事は、つまりそういう事なんだろ!?で、禁止されているのなら堂々と告発してもいいんじゃないかって思ってさ！」

弁明する俺に向け、ダクネスが泣きそうな表情で。

「き、禁止はされていない……。そもそもフェアリーを食べようなんて者は今までいなかったから、まだ禁止する法が無いはずだ……。ど、どうしよう、思わず持ち帰ってしまったが、大変な事をしてしまった……」

まあ過去に前例が無ければ法律も生まれないのか。

となると、このお嬢様は盗みを働いてしまったわけなのだが……。

「ダクネスは悪い事はしてないよ」

凛とした真面目な顔で、クリスがキッパリ言ってのけた。

そんな友人からの擁護を受けて、ダクネスが少しだけ照れながら。

「い、いや、やった事はフェアリーの拉致だ。……うん、この子を盗んでしまった事を、パーティーの主催者に打ち明けて来よう。その上で、この子を買い取らせてくれないかと交渉してくる」

そう言ってソファーから立ち上がったダクネスの前に、怒り顔のクリスが立ち塞がる。

「コレは悪い行いじゃないから、そんな事しなくていいよ！　ダクネスの家は大貴族のクセにそこまでお金持ちでもないじゃん、吹っかけられたらどうするの！」

「と、当家はそこまで貧乏でもないぞ！　それに、神に仕えるクルセイダーが盗みを働いてしまった事は大変な過ちだ。罪を打ち明け償って、エリス様に赦しを乞わなければ……」

眉根を寄せてそう呟くダクネスの胸を、クリスがポカポカと叩きながら訴える。

「赦すよ、エリス様は超赦すよ！　ダクネスの分からず屋！」

「エリス様は真面目な方だとの伝承がある、盗みは盗みだ、赦されるはずがないだろう！」

と、言い争いを始めた二人を見かねたのだろう。

「それじゃあ神である私がエリスに代わり、ダクネスの罪を赦してあげるわ」

アクアが微笑みを浮かべながら、争う二人に優しく告げた。

「こらアクア、お前はまた神を自称するのか！　そんな事を言っていると罰が当たるぞ！」

「なんでよー！」

クリスだけでなくアクアにまで胸を叩かれ始めたダクネスに、

「しょうがないですね、ダクネスが謝りに行くのなら私も同行しましょうか。私はダクネスの後ろで魔法の詠唱をしていますが、気にせず交渉してくださいね」

「それは交渉ではなく脅迫と言うのだ、めぐみんは留守番だ！」

騒がしい四人をよそに、俺は鳥籠の前に屈み込む。

籠の中の妖精は、捕らえられているというのに怖がるでもなく、むしろ興味深そうに俺を見上げていた。

こんな所に閉じ込められているのも辛いだろうと、籠を開けてやろうとしたのだが。

「ッッ!?　×××！」

妖精は聞き取れないほどの小さな声で、何かを叫びながら首を振った。

声が届かない事を見て取ったのか、妖精がジェスチャーで何かを伝えてくる。

自らの体を守るように抱き締めて、ある場所を何度も指差し……。

妖精が指差す方を見ると、ソファーの陰から妖精を狙うちょむすけがいた。

……なるほど、妖精にとって外の世界は危険だらけだ、籠の中の方が安全なのか。

俺が野性に返ったちょむすけを捕獲し襲い掛からないよう抱きかかえると、

「失礼します。こちらにダスティネス様はいらっしゃいますか？」

おそらくはドアをノックし続けていたのだろう。

未だに騒がしい屋敷内に、昨夜のパーティーの主催者が、ドアから申し訳なさそうな顔を覗かせた。

「――フェアリーを食べるだなんて、いくら我々でもそんな事はしませんよ！　この子は当家のコックの一人ですわ！」

妖精が入った籠をバッチリ見られ、ダクネスが事情を説明したら怒られた。

絨毯の上で正座するダクネスに頭を下げさせながら、俺とクリスがフォローを入れる。

「コイツも悪気は無かったんですよ、夢見るお嬢様なだけあって妖精さんに絆されただけでして。この窃盗令嬢は俺が叱っときますから、法的措置はどうか一つ……」

「ダ、ダクネスは、フェアリーが捕らえられていると思って助けようとしただけなんです！　一見真面目でキツそうに見えるけど本当は、優しくて名前も可愛い女の子なんです！」

俺とクリスのフォローに対し、なぜか顔を赤くして涙目になるダクネスに、

「……そうですね、料理の方は既に完成していましたので特に実害はありませんでしたし、ふ、ふふっ、あのダスティネス様が、こんなに可愛らしい乙女だなんて、ふふふっ……！」

何がツボに入ったのか知らないが、ダクネスを見下ろし楽しそうに笑う貴族令嬢。

それに対してダクネスが拳を握って肩を震わせ……。

「弱みを握られてしまったか。私は次のパーティーで一体どんな目に遭わされるのだ……」

屈辱に震えているのかと思ったら、目を潤ませてハアハア言い出したコイツは本当にもうダメかもしれない。

と、令嬢は俺がちょむすけを抱きかかえているのを確認すると、鳥籠の戸を開ける。

解放された妖精が未だ正座するダクネスの肩に舞い降りると、耳元で何かを囁いた。

「あ……」

何を言われたのかは分からないが、嬉しそうなダクネスの様子から多分お礼を言われたのだろう。

妖精は続いてクリスの肩に降り立ちこしょこしょと囁くが、

「えっ!?　いやあのえっと、だ、大丈夫だよ、その事は秘密だからね!?」

と、なぜか囁かれたクリスが狼狽えた。

「クリスはいきなりどうしたんだ？　妖精に何言われたんだよ」

「生き物の心に敏感なフェアリーは人の本質を見抜くと言いますからね。クリスが良からぬ事でも考えていたのでしょう」

「違うよ、こんな所で遊んでいて大丈夫なんですかって、心配されただけだから！」

慌てるクリスを見上げながら、ダクネスが眉根を寄せる。

「なあクリス、普段からあちこちフラフラしているようだが、フェアリーに心配されるほど遊び回るのはどうなのだ？　もうちょっと落ち着きを……ああっ、何をっ！」

「遊び回ってるように見えて、これでもちゃんと働いてるんだよ！　世のため人のため、皆が寝ている間にね！」

クリスが食って掛かりながら正座するダクネスの膝上に馬乗りになる。

そんな二人を微笑ましく眺めながら、鳥籠を抱いていた令嬢が。

「……さて、ウチのコックもこうして無事に見付かりましたし、私はそろそろお暇しますね。ダスティネス様に貸しが出来たので、私としてはもう十分です」

そう言って、フェアリーに向かってこいこいと手招きし、その場を立ち去ろうとする。

――そんな貴族令嬢に、アクアが言った。

「ねえ、この子ってこんなに小さいのに、どうやって料理をするのか気になるわ」

その視線の先では、再びダクネスの肩に移動した妖精が小さく首を傾げている。

「……それは企業秘密ですわ。そ、それではダスティネス様、私達はこれにて……」

「そういえばこの子はコックだと言っていましたね。フライパンなんて持てないでしょうに、調理に魔法でも使うのでしょうか？」

令嬢がそそくさと立ち去ろうとする中、めぐみんが疑問を浮かべた。

と、その疑問に答えるように、妖精がダクネスの耳元でこしょこしょと……。

「風呂だと!?　いたいけなフェアリーを風呂に浸からせ、残り湯を!?」

「言い方！　それだけ聞くと、我々が大変な変態に聞こえます！　フェアリーの出汁を取っていると言い直してください！　フェアリーの羽に含まれる鱗粉は、極上の調味料として高値で取引されるのです！」

顔を赤くする二人の貴族令嬢に、俺はふと気になった事を聞いてみた。

「禁制の食材を使ってるって疑惑は晴れたけどさ。この国でのフェアリーの扱いってどうなってるんだ？　たとえば人権とかそういうの」

そう、コックとして雇用しているとの話だが、妖精の見た目は全裸の少女だ。

それを聞いた令嬢が、表情を強ばらせて動きを止める。

と、クリスに乗られて足が痺れたのか、ダクネスがよろめきながらも立ち上がり。

「……フェアリーは、その姿形と人を疑う事を知らない純粋さから、人間の子供と同じ扱いを受けている。つまり、これは雇用というよりも、年端もいかない少女を風呂に浸からせ、その残り湯を販売するのと変わりは無く……」

「あっ、逃げた！　やっぱりダクネスは悪くないじゃん、このお嬢様は絶対赦さないよ！　懲らしめてやる！」

「この令嬢もとんだド変態貴族ではないですか！」

クリスとめぐみんが逃走した令嬢を追い掛ける中、

「ま、待ってくれ、私も一緒に……。あ、足が……！　あうう……っ！」

未だ痺れが取れないダクネスの足に、アクアがヒールを掛けてやりながら。

「クリスが珍しく怒ってたわね。ダクネスと性格的に真逆っぽいのに、本当に仲良しね」

「そういえば、お堅いダクネスと遊び人っぽいクリスがどうやって知り合ったのか気になるな。お嬢様と盗賊って一番接点が無さそうなのに」

と、そんな俺達の疑問にダクネスは、追い掛けるのを諦めて絨毯の上に座り込むと……、

「――私達の接点、か……。そういえば、クリスとは長い付き合いになるが、今思えば随

分と出来すぎた出会いだったな……」

ダクネスはそう言って、小さくクスリと笑みを浮かべ。

「まだ私が冒険者に成り立ての事だ。パーティーメンバー募集に届けを出してみたのだが、ちょっと攻撃が当たらないというだけで冒険仲間が見付からず、困り果てた私は、エリス教会に出向いては仲間が欲しいと、毎日祈りを捧げていたのだが……」

「話を盛るのは赦さないぞ。ちょっとじゃなくて、まったく攻撃が当たらないに言い直せ」

ダクネスは俺の言葉をガン無視しながらはにかむと、

「あれは寒い日の夕方だったな。教会からの帰り道で、私は突然スティールを仕掛けられ、財布を強奪されたのだ。その、スティールを掛けてきたのがクリスだった」

そう言って、懐かしそうに遠い目を……。

「クリスったら悪い子ね。……なるほど、お金に困っていたクリスをダクネスがお嬢様パワーでたらし込んだのね」

「いや、財布を奪ったのは俺にスキルを教えた時みたいに勝負を挑むためだよ、きっと」

俺とアクアが感想を言い合っていると、

「財布を奪ったクリスは楽しげに笑いながら言ってきた。『敬虔なエリス教徒のお嬢さん。これからあたしと勝負しない？　キミが賭けるのはこの財布。そしてあたしが賭けるのは

「……』最後まで言わせる事なく、私は周囲の者に呼び掛けてクリスを捕縛した」

「おい」

俺が思わず入れた突っ込みに、ダクネスは苦笑しながら。

「いきなり盗みを働いたのだから、当然だろう？　クリスは、『違うよ、これはパーティー加入イベントってやつで……！』などとわけの分からない事を喚きながら連行され、その後何度も私の下へやって来ては、懲りずにスティールを仕掛けて捕まるという……」

それって、クリスなりにお近付きになりたかっただけなんじゃあ……。

「性懲りもなく捕まるクリスに、ある日私は言ったのだ。『正義を愛する女神エリスの信徒として、お前を更生させてやる。しばらく私とパーティーを組んでくれ』とな。クリスは、『あたしが思ってたイベントや流れと違う……』と変な事を呟いていたが」

「なるほどね。それでダクネスの真心が通じて、今みたいな良い子になったのね」

「なんというか、クリスは昔から苦労してたんだなってのは理解した」

ダクネスは保護者みたいな感覚でクリスをパーティーメンバーに加入させたのだろうが、その後絶対クリスが苦労したやつだ。

でも、一つだけ気になる事がある。

「……どうしてクリスはそこまでして、ダクネスの仲間になりたがったんだろう？」

　と、そんな俺の呟きは、激しく開かれたドアの音で掻き消された。

「ダクネスー！　お嬢様が自分のお屋敷に逃げ込んだから手を貸して！　追い掛けようとしたら門番さんに、『平民が貴族の屋敷に入れるわけないでしょう？』って嗤われた！」

「こちらもお嬢の権力で対抗です！　家柄だけは立派なダクネス、出番ですよ！」

「家柄だけとか言うな！　……まったく、仕方がないな……」

　と、突然飛び込んできた二人にダクネスは、そう言って立ち上がり――

「まずは私が正面から突入しよう。そしてクリスはいつも通り……」

「バインドで拘束すればいいんだね！　二人だけで冒険してた頃を思い出すなあ……。今までならその後は、モンスターのバインドが解けない間に必死に袋叩きにしてたけど……」

　その言葉にダクネスは、小さく笑みを浮かべると。

「今日は皆がいるからどうにでもなる。さあ、とっとと終わらせるぞ！　フェアリーのだし汁搾取は、絵面的にもギリギリどころでなく完全アウトの犯罪だ！　それでは、犯罪令嬢の捕縛に――！」

「――いってみよう！」

　クリスが楽しげに笑いながら、勢いよく拳を掲げてみせた――

ぼっちをプロデュース!

1

まだ日も高く、夕飯には早い時間帯。

ギルドで顔なじみの冒険者達と飲んでいると、思い詰めた顔のゆんゆんが現れた。

「おっ、みゅんみゅんじゃにゃいか！　みゅんみゅん！　みゅんみゅん！」

「ぶはははは、カズマが呂律回ってねえ、わははははは！」

「この人めっちゃ酔ってるよ！　私よりお酒弱いクセにペース早いんだもん！　みゅんみゅんって誰！　誰なの！　あははははは！」

笑いの沸点が低い酔っ払い達がゲラゲラ笑い、本日何度目かの乾杯を交わす。

そんな上機嫌の俺に向け、みゅんみゅんが拳を握って訴えた。

「私……！　私……!!　カズマさんのコミュ力が欲しいっ！」

いつか聞いたようなその言葉に、シンと静まり返るギルド内。

やがて……。

「いいろみゅんみゅん！　こみゅりょくでも子ろもれも任せとけ！」

「ぶはははは！　コイツ何言ってんだ！　ぶはははは！」

「バーカ！　バーカ！　あはははは！」

そう言ってバカ騒ぎする俺達に向け、なぜかみゅんみゅんが尊敬の目を向けてきた——


——事の起こりはめぐみんだった。

「いい加減ウジウジと面倒ですね！　あなたはたまに過激なクセに、どうしてあんな弱そうなお姉さん相手に怖じ気付くのですか！」

「だだ、だって相手がどんな人なのかも分からないし！　それにめぐみんも、人を強いか弱いかで判断するのはどうかと思う！」

俺が街中をフラついていると言い争う二人を発見した。

自称ライバル関係にある二人だが、端から見ればこの通り仲良しだ。

「いいから行ってください！　私の分は三段ですよ？　バニラとバナナとネロイドです！」

騒ぎ立てる二人の視線の先にはアイスクリーム屋の屋台があった。

どうやらゆんゆんが、めぐみんにアイスを買いに行かされるところのようだ。

「わ、分かったわよ、行ってくるわよ！　……ええと、屋台でアイス買った事無いんだけど、何か作法というか注文の仕方は……」

「屋台の前でお金を出して、『お姉さん、三段重ねのアイスください。味はバニラとバナナとネロイドです』だけでいいですよ！　後は自分の好きなのを頼むんです！」

めぐみんにグイグイ背中を押され、財布を取り出したゆんゆんが息を呑む。

「待ってめぐみん、親子連れが近くに居るわ！　私がアイス買うとこを見たら、あの子もアイスを欲しがるかも！　夕飯も近い時間帯だしお母さんがきっと困る……」

「あなたは細かい事を気にしすぎです！」

と、通りで騒いでいる二人を不審に思ったのか親子連れがそそくさと立ち去っていく。

それを見たゆんゆんがホッとしながら屋台に近付き、

「あ、あ、あ、あ、あの……」

「あが多過ぎです、どれだけ緊張すればそうなるのですか！　すいません、バニラとバナナとネロイドの三段重ねのアイスをください！」

「はーい、ただいまー！　そちらの方は？」

屋台のお姉さんに尋ねられ、ゆんゆんは慌ててメニューを眺めるも、

「すすす、すいません、まだ何頼むか決めてませんでした！　ここで悩んでいてもご迷惑でしょうから、何日か悩んでから、注文はまた後日うかがいますので……」

「どうしてそこまで悩むのですか！　お姉さんのオススメでも貰ってください！」

帰ろうとするゆんゆんがめぐみんの手により引き留められた。

屋台のお姉さんがおかしそうにクスクス笑い、

「私のオススメはファンタスティックネロイドの微動バージョンよ！　コレにピンクネロイドを少し掛けると動きの振れ幅が大きくなるの！」

「じゃ、じゃあそれでお願いします……」

「いいんですか⁉　私も聞いた事のないアイスですが、本当にそれでいいんですか⁉」

と、流されるままに謎のアイスを手渡され、ゆんゆんが途方に暮れていた。

その隣では三段重ねのアイスを渡され、目を輝かせためぐみんが、

「それでは支払いはお願いしますね」

「う、うん、分かった……ええと、これで足りますか？」

そう言ってお金を支払うゆんゆんをよそに、三段重ねのアイスにかぶり付こうと……。

「すてぃいいいいいる！」

「あああああああああ！」

潜伏スキルでそっと近付いていた俺は、めぐみんのアイスを物理的に奪い食い付いた。

「この男！　いきなり現れたかと思えばいきなり何してくれるんですか！」

三段重ねの一番上を咀嚼しながら、俺はめぐみんに指を突き付けると。

「お前こそ、ゆんゆんにたかるだとか何してやがんだ！　アレだろ、友達いないゆんゆんに、『ゆんゆんのお金でアイス食べに行きませんか？　一緒にアイスを食べるって、端からは友達にしか見えませんよ？』とか甘い言葉を囁いたんだろ！」

「負けた方がアイスを奢るという条件で勝負し、私が勝っただけの事ですよ！　それに、いくらゆんゆんでもそんな誘いには乗りませんよ！」

「えっ!?　……え、ええと、一緒に食べてくれるなら、アイス奢るぐらい別に……」

めぐみんはおずおずと告げるゆんゆんの肩を掴み、揺さぶりながら声を荒らげる。

「この子はそんな事ばかり言っているから、ふにふらやどどんこ達に便利に使われるのですよ！　あなたを使っていいのも奢ってもらえるのもライバルである私だけの特権です！　誰にでもホイホイ奢っちゃダメですからね！」

「わ、分かったから！　せっかく買ったアイスが落ちちゃう！」

ゆんゆんの手元で謎のアイスがブルブルと振動を続ける中、めぐみんが俺に奪われたアイスを奪い返す。

「ふぁったく、カズマはわたひの事を一体なんらと……」

「……す、凄い……一緒に暮らしていると、もう間接キスなんて気にもしないんだ……」

　取り返したアイスを頬張っていためぐみんが、ゆんゆんの言葉に動きを止める。

　なぜか尊敬の目を向けるゆんゆんに、めぐみんは今さら気付いたように頬を染め。

「……ま、まあ？　同じ屋根の下で暮らしていれば一緒にお風呂に入りもしますし、寝顔だって見られてますからね。それどころか、カズマのアレを見た事すら……」

「おい、それ以上喋るなら俺にも考えがあるからな。具体的には今お前が言った事を毎日実行に移してやる」

　顔を赤くしているクセにゆんゆんに妙なマウントを取ろうとするめぐみんは、アイスを囓りながら後退り……。

「コミュ力があって友達も多いカズマさん……。カズマさんなら……！」

　と、ゆんゆんはそんな俺達を眺めながら、未だ振動するアイスを握り締め、妙な事を呟いていた――

2

　酔った勢いで安請け合いし、なぜかゆんゆんにコミュ力を授ける事になった、その翌日。

「……ええと、おはよう？」

「おお、おはようございます！」

昨日はあれから夕方まで飲んだくれた後、家に帰って速攻で寝てしまい、結果、珍しく早朝に起き出したのだが。

「まさかとは思うけど、昨日からここで待ってたとかじゃないよな？」

玄関先の新聞を取りに行くついでに朝の空気を吸おうと外に出ると、なんかゆんゆんが芝生の上で座って待ってた。

「いくら私でもそんな事しませんよ！　ただ、コミュ力を鍛えてくれる日時を決めてなかったので、毎日朝から通って待ってれば、カズマさんが暇な時に鍛えてくれるかなと……」

「重い！　超重い！　そういうところが友達が一人もいない理由だぞ！」

俺が軽く引いているとゆんゆんは慌てて立ち上がり。

「わ、私にだって友達ぐらい居ますから！　一人もいないは訂正してください！」

「……それじゃあ、友達の名前をあげてもらえる？」

そんなツッコミにゆんゆんは、足下に視線を落としながらブツブツと指折り数えていく。

「めぐみん……は、ライバルだから……あっ、里の皆は友達だよね？　あるえはたまに変な小説を送ってきて感想聞いてくるし、ふにふらとどどんこも、めぐみんに彼氏は出来たかって質問の手紙がよく来るし……。……あれっ？　よく考えたら私の事には誰も何も触れてこない……」

「よし、それ以上言わなくていいぞ。ごめんな、俺が悪かった」

ゆんゆんの自虐を止めた俺は、新聞を片手に自分をさした。

「見ての通りまだ起きたばかりでパジャマだし、ちょっと時間をくれないか？　そもそも、まだ朝早いから誰もいないし、この時間帯じゃ何も出来ないからさ」

「だ、大丈夫です、私、待つのは得意ですから。ここで蟻の巣でも眺めてますね」

「家の中で待っててくれ！」

——着替えを済ませて広間に出るとゆんゆんが絡まれていた。

「目を覚ましたらライバルが我が家に侵入しているとは驚きですよ！　私には永遠に勝てないという事を思い知らされとうとう寝込みを襲うとは、見下げ果てましたよゆんゆん！」

「待って、私別にそんなつもりじゃ……！　それに、私そこまで負けてない！　何ならめぐみんじゃ永遠に私に勝てない、発育勝負とか色々あるもん！」

俺はシャコシャコと歯を磨きながら二人の争いをジッと眺める。

「あなたという人は不利になれば発育発育とうるさいですね！　いい加減その手の煽りは効きませんが、ここらで本気で決着を付けようじゃありませんか。さあ、紅魔族の誇りにかけて今から命懸けの決闘を……！」

「もの凄く効いてるじゃない、決闘なんてしないわよ！　それに、今日はめぐみんに用は無いから！」

その言葉にめぐみんが固まる中、俺に気付いたゆんゆんがペコリと頭を下げてくる。

「それじゃあカズマさん、今日はよろしくお願いします！」

歯磨き中の俺が片手を挙げてそれに応えると、そんな俺達のやり取りに、めぐみんが愕然とした表情でその場に立ち尽くしていた——

「——コミュ力が欲しいとの事だが、まず最初に言っておく。俺は別にコミュ力が豊富な本物のリア充じゃない」

「……そ、そうですか？」

街に繰り出した俺は、隣を歩くゆんゆんの誤解を解いておく事にした。

そう、今でこそギルドで他の冒険者達と飲んだくれたり、知らない店に入れるようにはなったが、俺は元々引き籠もりだったのだ。

人が怖くて引き籠もっているタイプの引き籠もりではないのだが、それでも世間一般の人に比べれば、知らない人と気さくに話せるタイプじゃない。

「俺は、よほど仲の良い相手じゃないと二人きりでは会話に困るし間が持たない。だから、友達と遊ぶ時は極力それを避けるため、人数を多めに誘ったもんさ」

「私も二人きりの時、本当は凄く話をしたいんですけど一方的に喋り続けると迷惑かなって考えちゃって、相手の言葉を遮らないように、常に口元を注目してます！」

そっか、だからゆんゆんはさっきから俺の口元をガン見してるのか。

ちょっとズレてるが今はその事は措いとこう。

「あと、初対面の人相手だと何となく敬語になるし、パーティーを組んだりしてある程度気を許した相手じゃないと、名前を呼び捨てにも出来ないな」

と、それを聞いたゆんゆんがなぜかピタリと歩みを止める。

……？

「あ、あの、カズマさんは初対面に近い頃から私の名前を呼び捨てにしてますけど、それってつまり、私って気を許しやすいタイプ、親しみやすいって事ですか……？」

ソワソワしだしたゆんゆんに、俺は勘違いさせないように言っておく。

「紅魔族は全員あだ名みたいな名前だろ？　なんか気安く呼べるんだよな」

「どうせそんな理由だろうなって分かってた！　でも、ちょっとだけ期待したのに！」

……と、その時だった。

遠く離れた所から、首の後ろがピリピリするような感覚に襲われる。

「なあゆんゆん、誰かに恨みを買った覚えは無いか？　敵感知スキルに反応があるんだが」

「恨みですか？　私の人生において会話した事のある人は全て覚えてますが、身に覚えが無いです。むしろ恨んでくれてもいいから人とのかかわりが欲しいぐらいですし……」

この子はここで更生しとかないと、いずれ人の気を惹くため大変な事をやらかしそうだ。

「となると俺か？　でも、人様に迷惑を掛けてる覚えは無いけどなあ……。せいぜい、俺を知らない冒険者に賭け事を持ち掛けてお酒を奢ってもらったりするぐらいで」

「カズマさんが原因だとしか思えないんですけど……」

ゆんゆんに胡乱な視線を向けられるが、とはいえ平和なこの街に、敵感知に反応するほど危険なヤツがいるのだろうか……？

「そこの角を曲がったら潜伏スキルで隠れよう。ゆんゆんは適当な魔法を唱えていてくれ。俺達を見失って混乱する不届き者を不意討ちで仕留めるんだ。頼んだぞ」

「街中での攻撃魔法は違法なんですが……。でも、人から頼まれると必要とされてる感が凄いので、違法だろうと迷う気は一切ありません」

やっぱこの子は今の内に更生すべきか。

でないと、その内悪い連中に利用される未来しか見えない。

曲がり角を折れた俺達は、潜伏スキルで姿を隠す。

そうとは知らずに跡を付けてきた不届き者に……！

「『ライトニング』ーッッ！」

「ひぎぃ!?」

……ゆんゆんの魔法を受けて、紅い瞳の不届き者が地面を転がり痙攣していた——

「——まったく、あなた達ときたら！　魔法を食らったのが大魔道士である私だったから良かったものの、これが貧弱な一般人だったなら今頃ゆんゆんは犯罪者ですよ！」

電撃魔法の痺れから回復しためぐみんが、俺達を前に説教していた。

「そういうめぐみんは何が目的で俺達を付け狙ってたんだよ。アレか？　めぐみんが溜め込んでた福引き券を使っちゃったから怒ったのか？　でも言い訳させてもらうなら、アレはアクアが持ち出したのを知らずに使っちゃったんだ。叱るのはアクアだけにしてくれよ」

「違いますよ、そんなくだらない理由では……。ちょっと待ってください、それはそれで初耳ですよ！　良い景品が出された時用に溜めていたのに、何してくれるんですか！」

割引券などを溜め込む習性のあるめぐみんが俺をガクガクと揺さぶってくるが。

「悪かったよ、アクアが大量に当てたタワシをやるから我慢しろよ」

「要りませんよそんな物！　というかカズマも引いたのなら、もっと良い物を当てているはずです、くれるのならそっちをください！　……いえ、そうではなくて！」

ちなみに俺が当てたのは一等賞である。

商品は俺が常連にしているとあるお店の無料券だったが、子供のめぐみんにはまだ早い店なのでもちろん俺が使わせていただく。

「騙されやすそうなライバルが朝早くから悪い男に付いていくのを目撃したので、こうして跡を付けていたのですよ」

「言うじゃないか。なら俺がどれだけ悪い男なのか、今からお前に思い知らせてやる」

俺とめぐみんが互いに身構える中、ゆんゆんが慌てて止めに入った。

「待ってめぐみん、コレは私の方から頼んだの！　私、いい加減変わろうって！　カズマさんにコミュニケーション力を鍛えてもらって、友達を作ろうって！」

必死に訴えるゆんゆんに、めぐみんが呆れたように言ってくる。

「そういうのはいきなり身に付く物ではありませんよ。焦らず、一歩ずつ着実に前に進む事が肝心なのです。カズマに頼ろうとする前に、まずはゴブリン辺りと友達になってみてはいかがでしょうか」

なんて酷い事を言ってくれるんだ。

「ゴブリンならもう試したわよ。ゴブリン語を覚えてどうにか仲良くなろうとしたけど、『アカイメコワイ。トテモキョウボウ』って言われて逃げられて……」

この子も何をやっているんだ。

というかゴブリンか、ゴブリンにすら紅魔族の凶暴性が伝わってるじゃないか。

「ならコボルトか、人語も解するオーガ辺りで妥協しましょうよ」

「コボルトも試してみたけど餌付け用の肉だけ盗って逃げるのよ。オーガは話をしようとしたらなぜか勝負を挑まれて、勝ったら友達じゃなくて手下みたいな感じになったし……」

この子は本当に何してるんだろう、もう更生は手遅れじゃないのか。

……と、呆れた表情を浮かべためぐみんが、ため息を吐きながら首を振り。

「まったく、そこまで努力してもダメなのですか……。しょうがないですね、それでは私も友達作りとやらに付き合いますよ」

口ではライバルだと言いながらも、心の奥底では放っとけないのか、やれやれといった態度でそんな事を……。

「えっ!?　別にいいから！　めぐみんも、何だかんだ言って私並みに友達少ないし……」

そこまで言ってめぐみんに襲い掛かられ、涙目にされたゆんゆんに。

「まあ難しく考える事じゃないさ。俺の手に掛かれば友達百人も夢じゃない。パジャマパーティーに誕生会、四季折々の各種イベントも盛りだくさんだ。俺を信じろ」

「私、今日からカズマ教に入信します」

「またこの娘はバカな事を！　カズマも満更でも無さそうな顔をしないでください！」

3

人通りの多い広場に着くと、俺はあらためてゆんゆんを見る。

美人の多い紅魔族なだけあり、この子も見てくれはよろしいのだ。

「……あの、私の顔をジッと見て、どうかしましたか？」

本来であれば放っておいても声掛けぐらいはされそうなのだが……。

「いやな、ゆんゆんは過去にナンパとかされたのかなって思ってさ」

そう、友達を作るのが無理でも恋人なら即日出来ると思うのだ。

「ナ、ナンパですか⁉　いえ、そういった経験はありませんが……」

なぜか慌てるゆんゆんを前に、めぐみんがくいくいと俺の袖を引く。

「カズマカズマ、この子は誰かに声を掛けられた時点で会話が出来る事への期待で目が紅くなりますから、よほど気合いの入ったチャラ夫でなければ無理ですよ」

性格的にはチョロさ百パーセントのゆんゆんなのに、紅魔族の体質が邪魔をするのか。ゴブリンにすら警戒されている事といい、この子がぼっちなのは紅魔族のせいなんじゃないのか……？

まあ、それはともかく。

「本来友達ってのは、作るんじゃなくて自然とそういう関係になるもんだ。なので、まずは出会いそのものを増やそうかと思う」

「友達とは、作るのではなく自然とそういう関係になるもの……。今の言葉は私の人生においての大事な言葉として胸に刻んでおきます」

この子本当に大丈夫かなあ……。

と、そんな俺達の前を冒険者ギルドでたまに見る、女戦士が横切った。

「『スティール』」

俺は迷う事なくスティールを仕掛けると、女戦士からブラジャーを奪う。

「⁉⁉⁉⁉⁉⁉⁉　なんで⁉　あたし、どうしていきなりカズマさんに下着盗られたの⁉　カズマさんを怒らせるような事何かした⁉」

「ち、違……！　いや待ってくれ、これにはワケが！　本当に違うんだよ、俺はハンカチか何かを盗ろうとして……！」

詰め寄ってきた女戦士に下着を返し平謝りする俺に、めぐみんが感心したように頷いた。

「なるほど、やり方は最低ですが確かに出会いの切っ掛けにはなりますね」

「まさかとは思うけど、私にコレをやれって言う気じゃないわよね？」

謝り倒してどうにか赦してもらえた俺は、女戦士を見送りながら二人に事情を説明する。

「今のは失敗例だから気にしないでくれ。俺がやりたかったのは、スティールで小物を手に入れて『落としましたよ』って声を掛ける作戦だったんだよ」

「正直言ってそれもどうかと思いますが、カズマに任せておいてはダメな事は分かりました。ここは知能の高い紅魔族である私が知恵を授けてあげましょう」

「私も一応紅魔族なんだけど……」

めぐみんは辺りをキョロキョロ見回し、通り過ぎる人達を観察していたかと思えば、突然ダッと駆け出すとよそ見をしていた少女にぶつかった。

「ご、ごめんなさい！　わわ、私、ちゃんと前を見てなくて……」

前を見ていなかった少女はよろけながらも頭を下げる。

「まったくですよ、一体どこを見て歩いているのですか！　私が高レベル冒険者だったから良かったものの、貧弱な一般人だったなら爆裂四散していてもおかしくありませんよ！」

「ええ!?　わ、私、ちょっとぶつかっただけなのに……！」

めぐみんはそう言って怯える少女に詰め寄ると、

「少しでも悪いと思っているのなら、ちょっとそこのお店で私とお茶してくれればいいですよ！　奢れとまでは言いませんから、オススメ料理を教えてください！」

「え、ええと……。そんな事でいいのなら、むしろ喜んで……」

「待てよ、なんでそれで上手くいくんだよズルいだろ！」

「なんでそんなに手慣れてるのよ！　あんたしょっちゅうこんな事してるの!?　まさか、本当にたくさん友達が……！」

すんなりお茶の約束を取り付けためぐみんに、俺とゆんゆんが思わずツッコむ。

マジかよ、こいつがこれほどまでに社交的だっただなんて……、

「あの、私はそこのお店の娘なので、ウチに食べに来てくれるのなら喜んで……」

「ちょっとだけ感心した俺の気持ちを返せよ、コラッ！」

ドヤ顔で勝ち誇っていためぐみんは、喫茶店の娘に後日遊びに行くと約束し。

「とまあ、この勝負は私の勝ちという事でいいですか？」

「どうしてナンパ勝負になっているのか分からんが、そういう事なら負けないぞ。知らない子と色気のある関係にはなれないけど、飲み友達になるだけなら得意なんだ。俺の本気を見せてやるよ！」

「……あの、勝負はいいから、どうか私にコミュ力を……」

――ハッキリ言って、見た目は美少女であるゆんゆんが声を掛ければ大概の男は落とせるはずだ。

だが相手を選ばなければ、友達という言葉で利用され、大惨事になる未来が見える。

ゆんゆんが上手く落とせそうで、しかも人畜無害そうなのを探す事三十分。

俺はようやく条件に合いそうなヤツらを見付け出した。

「二人とも、アレを見ろ。あの連中をどう思う？」

「お巡りさんに通報すべきだと思いますが」

俺達の視線の先にいる三人組の男を見て、めぐみんが即答した。

「え、ええと、子供好きなお兄さん、だな……と……」

「ゆんゆん、あなたの気遣いなところは長所の一つですが、こういう時は本音でちゃんと言うべきですよ！　アレは犯罪者予備軍というヤツです！」

視線の先の男達は、公園で遊ぶ子供達を温かい目で見守っていた。

「まあめぐみん、落ち着け。あそこにいるのはただの心優しいお兄さん達だ。そして、子供好きに悪いヤツはいないもんさ」

「悪い大人にしか見えませんが。……そういえばカズマもロリコン疑惑がありましたね」

　こいつなんて事言ってくれるんだ。

「いいかめぐみん、よーく聞け。正直言ってゆんゆんは重い。友達として付き合っていく分には重いが、外見だけは美少女だ。そしてああいった種類の連中は、見た目が美少女なら多少面倒くさくても重くても、きっとチヤホヤしてくれるはずだ」

「私、褒められてるのか蔑まれてるのかよく分からなくなってきたんですが……」

　困惑するめぐみんの横でどことなく落ち込むゆんゆんだが……。

　俺はああいった連中の事をちゃんと知っている。

　大きいお友達と幼女愛好者は本来別の生き物なのだ。

　日本で言うところのオタクってヤツらは、根っこのところは心優しいヤツが多いのだ。

　同級生の女の子に蔑まれた目で見られてきたからこそピュアな子供に惹かれるのだ。

　そしてゆんゆんも、言ってみれば紅魔族に蔑まれた目で見られてきた事で、ここまで自信を無くし、引っ込み思案な性格になってしまった。

　つまりあの連中とゆんゆんは根っこのところは同じなわけで、傷付けられる痛みを知っている者同士、きっと仲良くやれるはず……！

「ゆんゆん、俺を信じろ。アイツらならきっと落とせる。だって女に免疫無さそうだし、強気に出れば簡単に折れる。それにあの手のタイプは自分の話に興味を持ってもらえればペラペラと勝手に話し出すから、そういう面でも一緒に居て楽なはずだ」

「なるほど、何だか昔のカズマにソックリですね。言われてみれば出会った頃のカズマはダクネスと目も合わせられず、挙動不審になる事が多かったですし、似たような相手だから気持ちをよく理解しているのですね。類は友を呼ぶというヤツですか」

こいつ、本当になんて事言ってくれるんだ。

「俺は引き籠もりのオタクは卒業し、リア充カズマさんにジョブチェンジしたんだ。でもアイツらの気持ちは分かる。リアルの女なんてと言いながらも、美少女に声を掛けられれば嬉しいはずだ。いいかゆんゆん、相手は傷付きやすい、優しい子供だと思って接するんだ。だからこっちも優しい微笑みを忘れるなよ？　……よし行け！」

「は、はいっ！　よく見れば皆さん綺麗な目をしてますし、確かに優しい人なのかも……」

俺に促されたゆんゆんは、意を決して男達に近付いて行く。

公園の茂みに隠れる男達の後ろから、ゆんゆんがおずおずと声を掛けると……。

「す、すいません……」

「ツッツッ!?　ななな、なんだ、どうした!?　俺は野鳥を観察していただけだが!?」

「俺はこの辺りに落とした小銭を探していただけだが!?」

「子供なんて見てないから！　それとも、俺達がロリコンだって証拠でもあるのかよ！」

声を掛けられただけでパニックに陥る男達に、ゆんゆんが慌てて手を振りながら、

「ちち、違います！　別に皆さんを注意しに来たわけじゃありませんから！」

その言葉に、パニックになっていた男達が顔を見合わせ押し黙った。

ゆんゆんは顔を赤くしながらも、俺が言った事を思い出したのか笑みを浮かべると、

「あ、あの……。皆さん、そこで暇そうにしていましたが、もし良かったら……」

「暇ァ!?　子供達が遊具で怪我をしないように見守る仕事が暇に見えたのか!?」

声を掛けられた男達が一気にヒートアップした事で、俺は見通しの甘さを恥じた。

「ち、違……！　わ、私は皆さんとお友達になれたらいいな、って思っただけで……」

「友達!?　ははーん、俺達がモテなさそうだと踏んで声を掛けたんだな？　コイツらなら私が声を掛ければイチコロだろうって！　女に免疫無さそうだし、いけるだろうって！」

思ってました、すいません。

「違います！　えっと、私に人付き合いの仕方を教えてくれている人が、子供好きに悪い人はいないって言ってたので、私とお話ししてくれないかな、って……」

「……美人局には見えなそうだけど、言っとくけど俺達金無いよ？　子供達が怪我しないように、公園の遊具のささくれを補修したりと、すぐ使っちゃうからね」

それを聞いたゆんゆんは、呆気に取られた表情を浮かべるとやがて小さくクスッと笑い。

「やっぱり優しい人なんですね。その、子供が怪我しないように見守る仕事、私にもお手伝いさせてはもらえませんか？」

「嫌だよ、だってキミってデカいじゃん。背も高ければあちこちデカいし、茂みに四人も隠れられないから。それに、十五歳以上の女の人って純粋さが無いからお近付きになりたくないんだよね」

俺とした事が失敗した、あの連中はガチなヤツだ。

そんな犯罪者予備軍に向けて、興奮で眼を紅くしたゆんゆんが必死になって訴える。

「私、まだ十四歳です！」

「はい嘘ー！　そんなに大きい十四歳が居てたまるか！」

「すぐバレる嘘吐きやがって、これだから大人の女は！　その乳もいで出直して来い！」

「十四歳が本当だとしても、俺は二桁の年齢はもう無理だから！」

俺はめぐみんと共に頷き合うと、大声を張り上げた。

「「お巡りさーん！」」

4

　俺の案が失敗に終わり、調子付いためぐみんが言ってくる。

「カズマは小難しく考え過ぎです。こういうのは頭を使ってはダメですよ」

「それってもう知能の高い紅魔族が言うセリフじゃないな」

　めぐみんに連れられた俺達は、アクセルの入口へとやって来ていた。

「私達は冒険者です。なら、友人も冒険者の方がいいでしょう。なにせ同業者であれば一緒にパーティーを組んでクエストを請けたり出来ますからね」

　めぐみんの言葉にゆんゆんが眼を輝かせて頷くが……。

「なるほど、お前の案に予想が付いたぞ。カエルと戦っている冒険者を遠くから魔法で狙撃し、カエルに呑まれたところを救助し恩に着せるんだな」

「そこまで非道な事は考えてませんよ！　ピンチに陥った冒険者を助ければ、自然と仲良くなれるでしょう！　カエルにすら負けるこの街に来たばかりの駆け出しなら、きっと知り合いや友人も少ないでしょうからね。頼れる相手がいない間が狙い目です」

　俺達が得意とするマッチポンプかと思ったら、案外ちゃんと考えられていた。

「というか、ゆんゆんはピンチになった冒険者を助けて回ってるって聞いたんだけど、現状を見る限りそれも効果は薄いんじゃないのか？」

この優秀な方の紅魔族は辻斬りならぬ辻魔法で、モンスターとの戦いにおいて壊滅しそうな冒険者を手助けしているのだが……。

「この娘は冒険者を助けた後、礼も受け取らずにその場を立ち去ってしまうのですよ。そこは恩に着せて礼金の一つも貰うべきとこなのですが」

「だ、だって、もしかしたら私が手伝わなくても自分達で何とかなったのかもしれないし、余計な事だったかなって思ったら……」

そう、この子に友達が出来ない最大の理由がここなのだ。

この子はとにかく気を遣い過ぎて遠慮しいなのだ。

そういう意味では気遣いと遠慮という言葉を忘れためぐみんとは、相性が良いのかもしれないが……。

「いいかゆんゆん、自信を持て！　常識ある冒険者なら、たとえピンチじゃなくても美少女魔法使いが助けてくれたら普通に嬉しい！」

「今回は、誰かを助けても逃げたりしてはいけませんよ！　ちゃんとお礼を貰うのです！」

俺とめぐみんに気圧されて、ゆんゆんはこくこく頷くと……。

「助けてくれえええええ！」

ゆんゆんの日頃の行いなのか、タイミングよく悲鳴が上がった——

「——だ、大丈夫ですか？　ええと、怪我は無いですか？」

優秀な紅魔族なだけあり、危なげなくカエルを屠ったゆんゆんが冒険者に声を掛けた。

カエルに追われていたのは二人組の男のみのパーティーだった。

あまり見ない顔の冒険者だが、この街に来たばかりの駆け出しだろうか。

「あ、ああ、大丈夫だ。いや、別にピンチってわけでも無かったんだけどな？　ただ、アクセルに来たばかりでカエルの大きさが予想外でさ……」

「へへ、あんた強いんだな！　俺達は村で一番強いってんで、冒険者やって一山当てようと思ったんだけどよ。カエルもビックリしただけで、本気出せば余裕だったんだけどな！」

女の子の前という事で強がってるのか、二人はカエルを横目に余裕を見せる。

「助けてくれと泣き叫んでいた時点で説得力なんて無いですよ。それよりもお礼をください。あと、カエルはゆんゆんが倒したので討伐料もください」

そんな二人の態度を見て、めぐみんがズイと手を突き出した。

どうやら素直にお礼が言えないこの二人は、ゆんゆんの友人候補としてめぐみんの眼鏡に適わなかったらしい。

「は、はあ？　何言ってんだよ、別にピンチじゃなかったって言ってるだろ？　このカエルも、あと少しで倒せそうだったんだよ」

「むしろ、俺達が弱らせたところをあんたが横から仕留めたんだ、トドメを刺した経験値も持ってかれたし、こっちが金を貰いたいぜ！」

……うんまあ、こういった輩もいるからな、ゆんゆんが助けた後に立ち去っていたのもある意味では正解なのか？

というかもう、この後の展開が既に読める。

どうせ短気なめぐみんが、この駆け出し二人に襲い掛かって……！

「そうですか、ならいいです。余計な手出しをしてしまいましたね」

「「えっ？」」

めぐみんの言葉が意外だったのか、二人だけでなくゆんゆんまでもが声を上げた。

「そ、そうか？　それじゃあ、このカエルは貰っていくからな？」

「カエル肉だけじゃなく、討伐料も俺達が貰うからな？　その代わり、経験値代を払えだなんて言わないからさ！」

「ええ、どうぞどうぞ。……それではゆんゆん、行きますよ」

「う、うん……。めぐみんが大人しく引き下がるだなんてどうしたの？　あっ……!?」

と、何かに気付いたようにゆんゆんが声を上げた。

疑問に思う俺に向け、ゆんゆんが小さな声で囁いてくる。

（ひょっとしてめぐみんは、ここで暴れれば私の出会いの邪魔になると思って、我慢してくれてるんじゃ……）

（ゆんゆんはこいつと長い付き合いなのに、まだ本質を分かってないんだな）

売られた喧嘩は買うのが紅魔族だ。

それに加えて、アクセルでも特に血の気の多いこいつが、ここまで言われて大人しく引き下がるワケが無い。

二人組の冒険者からそそくさと離れためぐみんに、ゆんゆんが期待に満ちた声を掛けた。

「ねえめぐみん……。あの人達と喧嘩しなかったのって、ひょっとして……」

めぐみんはその言葉に応える代わりにおもむろに魔法を唱える。

魔法の詠唱を始めためぐみんの視線の先では、二人組の冒険者が倒されたカエルを前に浮かれた声を上げており……。

おい、まさか！

「『エクスプロージョン』――ッッッ！」

爆裂魔法が放たれた事により、カエル肉を前に浮かれていた二人組は魔法の衝撃波で地面を盛大に転がされる。

何が起こったのか理解出来ていない二人組に、ゆんゆんが慌てて駆け寄った。

「だ、大丈夫ですか⁉　私の連れがすいません、あの子大分おかしいんです！」

ゆんゆんに助けられ、よろめきながら立ち上がった二人組。

「や、やってくれやがったな！　この事は冒険者ギルドに報告するから……」

「お前、ギルドの職員に怒られるからな！　一歩間違えれば、これ……」

そこまで言い掛けた二人組は、爆裂魔法によって作られたクレーターを見て絶句する。

――と、その時だった。

爆裂魔法の轟音と衝撃で地面の下で眠っていたカエルが目覚めたのだろう。

辺りからカエルが湧き出す中で、魔力を使い果たしためぐみんが、地に伏せたまま顔だけを上げて二人に告げた。

「自らの力を過信する矮小なる者よ！　これより、我が絶大なる魔力に引き寄せられた悪魔の僕が現れるであろう！　ゆんゆんの助けが必要なかったと言うのであれば、その力を証明してみせるがいい！」

「お前ってヤツは、どうしていつもそうなんだ！　死なばもろともなやり方はいい加減止めろよな！」

「ああああああああああ！　めぐみんのバカああああああああああ！」

　無数に這い出たカエルの群れに、めぐみんを除くこの周辺の冒険者が力を合わせて立ち向かった——！

　——冒険者ギルドでこってり叱られ、ようやく家にたどり着いた俺達は。

「帰りましたよー」

「おかーえり！」

　カエルの粘液に塗れためぐみんと共に、アクアの出迎えを受けて息を吐いた。

「臭っ！　めぐみんとゆんゆんってばヌルヌルじゃないの！　お風呂空いてるから早く入って！　洗濯物は籠に入れてね。カエルが分泌するヌルヌルは、女神パワーでもなかなか落ちないの。浸け置きしてから洗っておくわね」

　かいがいしく絨毯の上に新聞紙を敷くアクアに、めぐみんを背負ったゆんゆんが疲れた顔で頭を下げた。

「すいません……その、何があったかは聞かないんですか？」

　ゆんゆんが疑問に思い尋ねるが、夕飯の支度をしていたダクネスが、

「めぐみんが何かをやらかし、カエルの群れにでも襲われたのだろう？　むしろ、それ以外の理由があればカズマが真っ先に教えるはずだ」

「おっと、ダクネスはそんなに粘液塗れになりたいのですか？　今日は食事当番で命拾いしましたね、夕飯が遅れないなら今頃あなたはヌルヌルです」

ダクネスがどこか期待した顔でめぐみんを警戒する中、ゆんゆんが再び頭を下げる。

「ご、ごめんなさい……。実は今回の事に関しては、あながちめぐみんだけが悪いわけではなくて……。その、お風呂も大丈夫です、大衆浴場が開いてますし……」

と、殊勝な態度のゆんゆんに、アクアが気楽に言ってきた。

「ゆんゆんが一割ぐらい悪くって、九割ぐらいはめぐみんのせいでしょう？　めぐみんが迷惑掛けたお詫びよ、遠慮せずお風呂ぐらい入っていきなさいな。大丈夫よ、めぐみんとは長い付き合いだもの、私にはちゃんと分かってるわ」

「おっと、アクアは食事当番ではありませんからね！　ヌルヌルにする事に迷う理由はありませんよ！」

ゆんゆんの背から飛び降りためぐみんにアクアが粘液塗れにされて泣かされる中、ダクネスが笑みを浮かべ。

「ゆんゆんも風呂に入るついでに、一緒に夕飯を食べていくといい。なんなら今夜は泊まっていったらどうだ？　そうだ、皆でパジャマパーティーというヤツをやらないか？　実はちょっと憧れていたのだ！」

その言葉にゆんゆんは、紅くなった眼を丸くすると――

ミニ・ストーリー集

涸れ地に雨を！　ダブルウィザード　友人想いの――

『涸れ地に雨を！』

「……指名依頼？」

その日。

冒険者ギルドにやって来た俺達は、受付のお姉さんの言葉に戸惑いを浮かべていた。

「はい、サトウさんのパーティー、いえ、アクアさんに仕事をお願いしたいんです」

基本的に冒険者は、掲示板に貼られたクエストを勝手に受けるというスタイルだ。

しかし、腕利きの冒険者ともなると依頼主からご指名を貰う事がある。

そういった指名依頼は、報酬が上乗せされる上に人気パーティーのバロメーターともなるので、冒険者であれば一度は受けたい代物なのだが……。

「アクアを指名するとはどういう事だ？　依頼主は何か良からぬ事を企んでいるだろう」

「いえ、もしくはこの街に最近越してきたばかりの方かもしれませんよ？　アクアの肩書きはアークプリーストです。それだけ聞けば、凄腕の聖職者と勘違いしてもおかしくはありませんから」

「二人とも、それ以上言うのならお風呂でカズマと鉢合わせする天罰を与えるわよ」

ダクネスとめぐみんに噛みつくアクアだが、二人の言い分ももっともだ。

その天罰については後で詳しく聞くとして、指名依頼については気になる。

受付のお姉さんも、その疑問は当然だと言わんばかりに頷くと、

「ええ、それについては私共も何度も確認しました。指名相手を間違っていないか、本当にいいのか、依頼を失敗しても賠償は求めないのか、など……。ですが、全て理解した上でアクアさんをご指名だそうで……」

「お姉さんもそれ以上言うなら考えがあるわよ。シャンプーで頭を洗った際に、泡を流す時だけお湯が出なくなる天罰を与えるからね」

アクアの正体に気付いていないはずのお姉さんは、なぜか少しだけ引き攣った顔で後退り、慌てて両手を振ってくる。

「ですが、依頼主に話を聞いて納得しました。指名依頼の内容は――」


――翌日。

「お供え物はそっちに置いてね。お酒は値段の高い順から並べていってね」

街の傍に広がる穀倉地帯でアクアによる指示の下、大勢の冒険者が見守る中雨乞いが執り行われようとしていた。

指名依頼の内容は、水の事に関してだけは定評のあるアクアに雨を降らせて欲しいというものだった。

「……なあ、本当にこんなんで雨が降るのか？　っていうか、アクアがセイクリッドクリエイトウォーターとか使えばいいんじゃないのか？」

ここ最近日照りが続き、穀倉地帯での水不足が深刻らしい。

だがこの世界には魔法がある。

ちょちょいと魔法で水を出せば簡単に解決すると思うのだが……。

「バカねカズマ、魔法で出す水は無から生み出しているわけじゃないのよ？　辺りの水分を魔力を使って集めているだけで、クリエイトウォーターで水を生んでもその分大気が乾燥するから、長い目で見れば問題解決にならないわ」

……そうだよな、無限に水を生み出せるのなら、皆がクリエイトウォーターを使いまくれば水の総量がドンドン増えて、いつの日かこの世界が水に覆われた星になってしまう。

仮にも神様が管理している世界だし、そういった事で世界が滅んだりしないよう、魔法の仕組みはちゃんと理に適ったものになっているのだ。

「なるほどなあ。……あっ、それじゃあクリエイトアースはどうなってるんだ？　俺達の足下の土が少しずつ削れてんのか？」

「土の事なんて知らないわよ。不思議空間から送られてきてるんじゃないの？」

なんだよ不思議空間って、俺が抱いた感心返せよ。

「アクア、お供え物はこのまま置いとけばいいのですか？　主にお酒が多いみたいですが、これってアクアが欲しい物じゃないですよね？　儀式にかこつけてちょろまかそうとしていませんか？」

「めぐみんったら何て事言ってくれるのよ。水にまつわる者は皆お酒が好きなのよ？　雨乞いは大気に漂う水の精霊を集める神聖な儀式よ。彼女達にお酒を振る舞い、ほんの少しだけその力を借りるのよ」

珍しくアクアが真面目な顔で水の精霊について説明する中、ダクネスが高そうな瓶を抱きしめ首を傾げた。

「では、この酒は辺りに撒いてしまうのか？　供え物として酒が欲しいと言われたので、お父様のコレクションの中で一番高いヤツを持ってきたのだが……」

「ダクネスったら何て事言ってくれるのよ。それを撒くだなんてとんでもないわ。そういうお高いお酒はあっちに置いてね。これも儀式だからね、大事な儀式の一環だから」

こいつ絶対高い酒はキープする気だろ。

と、雨乞いの準備を終えた冒険者達がアクアに向けて呼び掛けた。

「アクアさーん、お供えは並べ終わったよー！」

「俺達はこの後何すりゃいいんだー？」

辺りには酒瓶が綺麗に並べられ、雨乞いという珍しい儀式に野次馬達が今か今かと期待しながら待っている。

「ほう、これはなかなかの絶景ね。いいわ、それじゃあ今から雨乞いをするわよ！　たまには女神の本気を見せてあげるわ！」

並べられた酒瓶を前に、上機嫌のアクアは空を見上げると――

「この世に存る我が眷属よ……水の女神、アクアが命ず……！」

かつて魔王軍幹部ベルディアと戦った時のように、荘厳な気配を漂わせながら――

「……あっ？　ちょ、ちょっと待ちなさい、まだ何も命令してないんだから勝手に集まってきたらダメよ！」

何かイレギュラーでもあったのか、アクアが突然慌て出した。

というか、いつの間にか辺りの空気が湿り気を帯びている。

きっと今のあいつには、俺達に見えない何かが見えているのだろうが……。

「いい？　私が女神らしくもったいぶって命じるからね。でも、すぐには雨を降らしちゃダメ。そのうち私が、これはお供えが必要ね……って重々しく呟いて皆からお酒を回収するわ。そうしたらあなた達は雨を降らせるの。……分かった？」

虚空に向かって大声でそんな事を呼び掛けるアクアだが、供え物を必要としない事だけは理解した。

並べられていた酒が冒険者達の手により、値段の高い順にコッソリ回収されていく中、アクアがコホンとせき払いをすると――

「水の女神、アクアが命……ちょっと、まだダメだって言ってるでしょう！　……何？　対価が欲しい？　分かったわよ、後でお酒分けてあげるから……。あっ、それはダメよ！　もっと安いヤツにして！」

まだ雨乞いを始めてもいないのに、雨雲に覆われはじめた穀倉地帯で皆が見守り続ける中、

「どうして水の精霊はこんなに言う事聞かないのよ！　あっ！　待ちなさいな、それは一番に狙ってた――！」

水の精霊というものは、誰かにソックリな気質な事を知った俺達は。

「わあああああああー！　私のお酒――！」

やがて土砂降りと化した穀倉地帯から慌てて逃げ出すと、その後、珍しく役にたったアクアを称えた──

後日。

アクアが暇つぶしに作った『てるてるアクア』を貰った依頼主が、それを逆さにしてぶら下げるだけで雨が降る事を確認し、敬虔なアクシズ教徒が一人増えたのはまたの話──

『ダブルウィザード』

「『エクスプロージョン』——ッッッ！」

アクセルの街近くの岩山に爆裂魔法が放たれる。

荒れ狂う爆風が収まると、そこには巨大なクレーターだけが残っていた。

「ククク……。今日も憐れなる贄が我が力の糧となりましたか……。ですが、あなたという存在は消えて無くなるわけではありません。ええ、大魔道士めぐみんの経験値となり、永遠に私の中で生き続けるのですから……！」

地面に倒れ伏した大魔道士がブツブツと呟いた。

「そうだな、お前が倒したはぐれコボルトはきっと心の中で生き続けるよ。ほら、おんぶするから手を上げろ」

「おい、モンスターと激戦を繰り広げた余韻に浸っているのに、はぐれコボルトと言うのは止めてもらおう。なんだかスケールがショボくなるではないですか」

しょぼくなるも何も、群れからはぐれていたコボルトを見付け、遠くから不意討ちした以外の何ものでも無いのだが……。

「……んっ？　おい、あそこにコボルトが見えないか？　しかも二匹いるんだが……」

爆音を聞き付けたのか、遠くからこちらを覗う何者かがいた。

千里眼スキルを使ってみれば、まごう方無くコボルトだ。

「先ほどの我が贄を捜しに来たのでしょう。カズマ、あのコボルト二匹を仲間の下へと送ってあげてください。せめて、安らかに……」

「いや、冒険者としてコボルトは見過ごせないし、やるけどさあ……。そういうのは、地面に転がったまま言うセリフじゃないと思うぞ……」

背中から弓を取り出すと、遠くに見えるコボルトを見ながらそれを引き絞り――

「悪いな、お前達に恨みはないが……。その命、俺の力として使わせて貰う。……狙撃！」

スキルによって放たれた矢は、片方のコボルトの胸へと吸い込まれた――！

「カズマ、今のはとても良かったですよ！　いつも爆裂魔法に点数を付けてもらってますから、お返しとして採点してあげましょう。……そうですね、もっと溜めが欲しいのと若干の照れが感じられたので、今回は七十二点という事で」

「おい止めろ、点数付けられると急に恥ずかしくなってくる。くそ、とっとと残りの一匹も……って、あれっ……」

めぐみんに気を取られていると、いつの間にかコボルトが増えているのに気が付いた。

三匹ほどのコボルトがこちらを指差し騒いでいる。

「おい、なんかコボルトが増えたんだけど。三匹はちょっと手こずるかも……」

俺一人なら潜伏しながらの狙撃で何とかなるが、荷物を背負いながらとなると楽勝とは言い難い。

「コボルト相手に怖じ気付くとは情けない！　六十二点に減点ですよ！　先ほどの高評価を返してください！」

「お前を置いてけば余裕で勝てるんだからな！　その証拠を見せてやろうか！　……あっ、おいコラ離せ！　今のは冗談だって、置いてかないから邪魔するな、攻撃すら出来ないだろうが！」

置いてかれまいとズボンを摑むめぐみんを引き剝がしていると、その隙を突いてコボルト達が距離を詰めてきた。

「バカ野郎、本気でピンチになったじゃねーか！　接敵前に狙撃で数を減らせればもうちょっと勝算上がったのに！　って、さらに増えたぞ！　五匹以上はさすがに勝てねえ！」

「カズマ、今は誰の責任かを追及している場合ではありません！　こうなっては仕方ありません、私に魔力を分けてください！　動けない私を背負うより、その方が逃げやすいはずです！」

こいつのせいでピンチになったのだが、今の状況では仕方がない。

俺がドレインタッチで魔力を注ぐと、めぐみんがバッと跳ね起きた。

「私はアクセルの街へ助けを呼びに行ってきます！　カズマは足止めをお願いしますね！」

「ふざけんな、俺だって逃げるに決まってるだろ！　……あっ！　お前、俺に囮にされないように、自力で逃げられるように魔力を分けさせやがったな！　何てヤツだ、こいつちっとも俺を信用してねえ！」

前を行くめぐみんの後を追いながらの俺の罵倒に、

「私を置いていけば余裕で勝てる発言さえ無ければ信じてましたよ！　……ああっ！　カズマ、前方からもコボルトが！　挟み撃ちです、このままではマズいですよ！」

「くそっ、なんでコボルトの方が俺達より頭が良いんだよ！　こうなったら狙撃で数を減らした後、正面突破するぞ！　それで、どうにか距離を稼いだら潜伏スキルでやり過ごすんだ！」

俺は弓を構えると、接近戦を覚悟し杖を握り締めるめぐみんと共に、迫り来るコボルトに矢を放った──

──アクセルの街へ帰り着いた俺達は、正門で順番待ちをしている冒険者の列へと並ぶ。

俺とめぐみんは互いに無言だ。

コボルトとの激戦はそれほどまでに疲れるもので……。

「あれっ？　め、めぐみん、奇遇ね！　カズマさんと一緒って事は、いつもの日課？」

と、列に並ぶ俺達の後ろに、めぐみんの自称ライバルことゆんゆんが現れた。

その後ろには、なぜか駆け出しっぽい冒険者パーティーが……。

「ゆんゆんさんの仲間の方ですか？　俺達、初心者殺しに追い掛けられていたところを、ゆんゆんさんに助けてもらって……！」

「ええ、本当に何てお礼を言ったらいいのか……。ゆんゆんさんがいなかったら、私達、今頃全滅してました！」

「ゆんゆんさん、めちゃくちゃ強くて尊敬します！」

初心者殺しは、ゴブリンやコボルトなどの、あまり強くない割に討伐報酬が美味しいとされるモンスターと共生する狡猾で凶悪な相手である。

そんな強敵から助けられ、口々に礼を言う冒険者達にゆんゆんが赤い顔で固まっていると。

「なるほど、初心者殺しですか。アレぐらいであれば、私達紅魔族にとってはただの経験値ですからね。私も若い頃は、初心者殺しを千切っては投げしたものです」

その強気な発言に、冒険者達の視線がもう一人の紅魔族へと向けられた。

「……へえー。めぐみんってそんなに初心者殺しを倒した事があったんだ。長い付き合いなのに知らなかったわ」

「まあ、初心者殺し程度は倒しても自慢になりませんからね。ゆんゆんが知らないのも無理はないです。私達がその場にいられれば良かったのですが、向こうの岩山で凶悪なモンスターと激戦を繰り広げていたもので……。なるほど、初心者殺しですか。私がいれば瞬殺でしたね」

凶悪なコボルトに危うく全滅させられそうだっためぐみんの言葉に、ゆんゆんの目が紅く輝く。

「なるほど、つまり初心者殺しより凶暴なモンスターがいたのね!? ちょっとめぐみん、大変じゃない！ ギルドに報告に行かないと！」

「おっと、すでに私達が討ち取りましたので報告は無用です！ な、何ですかこの手は、冒険者カードを勝手に見るのはプライバシーの侵害ですよ!」

冒険者カードの討伐記録の確認を巡って争いを始めた二人を見て、もめ事や喧嘩が好きな冒険者達がもっとやれとばかりに囃し立てる。

かたや初心者殺しを撃退し、駆け出し達に感謝されるエリートと、かたや、コボルトに全滅されかけるポンコツ魔道士なのだが……。

「嘘吐いてないならカードを見せてみなさいよおおおおおおおお！　あんたはいつも薄っぺらい見栄を張るんだから！」

「薄っぺらい見栄に関して、ゆんゆんにだけは言われたくありませんよ！　里の皆にはアクセルの街で友達が出来たなどと適当な大嘘吐いてるクセに！　おっ、その目はやる気ですか？　いいでしょう、今日こそは決着を付けてくれます！」

一応この二人が、アクセルの街で一、二を争うアークウィザードらしい——

『友人想(おも)いの――』

その日。

俺は目を覚ますと、ダクネスに夜這(よば)いをかけられていた。

「……俺って一応初めてだからさ。こういう事をする時はもうちょっとこう、ムードとかを大事にしてくれると嬉(うれ)しいんだけど」

「バ、バカッ、お前は何を言っている！　朝っぱらから誤解を招くような事を言うんじゃない！　誰(だれ)かに見られて本当に誤解を受けたらどうするのだ！」

正確には夜ではないので、夜這いとは言わないのかもしれない。

ダクネスが必死に叫(さけ)ぶも、しかし今の状況は――

「あ、あわわわわわ……。ダクネスが、寝起(ねお)きのカズマさんにのし掛かって……！」

「アクア!?　待て、これは違(ちが)うんだ！　カズマに用があって起こそうとしたら躓(つまず)いて……！」

ドアの隙間(すきま)からこちらを覗(のぞ)くアクアの言葉に、ダクネスがベッドに寝ていた俺に覆(おお)い被(かぶ)さったままで声を上げた。

「──つまり、転んだ拍子に俺を押し倒す体勢になり、起こさないように退こうとしたところに俺が起きたと」

「そ、そうだ！　いや、自分でもちょっとどうかと思うぐらいに不器用なのだが……！」

事情説明を受けた俺が話をまとめてやると、ダクネスが泣きそうな顔で訴えかける。

「そして、カズマさんが起きちゃったからそれならいっそ……！　とばかりに、誤解じゃなくしてしまおうとしたのね」

「アクアは茶々を入れるんじゃない！　そんなバカな事誰がするか！　ああもう……っ！」

俺とアクアにひとしきりからかわれたダクネスは、やがてバッと顔を上げ。

「カズマ、私に力を貸してくれ！　クリスの様子がおかしいのだ！」

そう言って、いつになく切実な表情を浮かべてきた──

──物陰に身を屈めて様子を覗いながら、ダクネスが俺とアクアに囁いてきた。

「……どうもクリスがここのところ、良からぬ連中と付き合っていてな。本人に問い質そうかとも思ったのだが、その……」

ダクネスが言葉を濁し、俺とアクアをチラリと見てくる。

「その……、何だよ？　続きを言わないと分からないだろ」

ダクネスに続きを促すと、言い辛そうにこちらを見上げ、

「……その、よく考えてみれば私も、良からぬ連中と付き合っているなと思って……」

「おうおうダクネスさんよお、お前面白い事言ってくれるじゃないか！」

「カズマさん、腕を押さえて！　この子の髪をツインテールにしてあげるわ！　そして、その格好のまま冒険者ギルドに連れて行くの！」

良からぬ連中である俺とアクアに締め上げられ半泣きになりながらも、ダクネスは静かにしてくれと、口元に指を当てている。

「まったく、それで俺を連れて来たのか……。クリスは敵感知スキルを持ってるから、尾行したってバレるもんな」

「そういう事だ。その点お前と一緒なら、潜伏スキルで相殺が可能だろう？　いつもならこれほどまでに近付く事が出来なくてな……ッッ！　見ろカズマ、あいつだ！　見るからに不審な男だろう！　……ああっ⁉　怪しげな袋を出した！」

ダクネスの言葉にそちらを見れば、クリスが革ジャンを着た一人の男と親しげに話していた。

頬に深い傷のある筋骨隆々のその男は、何やら白い粉の入った袋を取り出すと——

「あれはケーキ屋のお兄さんね。冒険者をやっていたらしいんだけど、夢だったケーキ屋さんに転職したの。お願いするとああやって、美味しい小麦粉とお砂糖を譲ってくれるそうよ」

「おいダクネスしっかりしろ、むしろ杞憂で済んで良かったじゃないか！」

アクアの言葉に力無く頽れるダクネスだが、ハッとした顔で立ち上がると、

「そ、そうだ、あの男はまだ始まりに過ぎない！　私が危惧しているのは別の男だ！」

勘違いをごまかすように、ちょっとだけ赤い顔をしながら告げてきた――

「――あそこの路地裏を覗いてみろ。何が言いたいのかは一目で分かる」

クリスを尾行した俺達は、薄暗い路地裏にやって来ていた。

ダクネスに言われるままに覗いてみれば、そこには肉厚の包丁を持った白衣の男が立っていた。

白衣にシミが見えたので千里眼スキルを使ってみれば、それは何かの血液で……！

「あれは鶏肉専門のお肉屋さんね。……あっ！　クリスが卵を貰ったわよ！　ダクネス、良かったわね！　ただの買い物だったみたい！」

「よし、ダクネスまずは落ち着け。自分を責めるのは後にしろ、クリスが無事で良かった

じゃないか」

外見で判断し自己嫌悪に陥ったのか、ダクネスが頭を抱えて小さくなる。

——と、その時だった。

俺とアクアがダクネスを慰めている間に、距離を詰めていたのだろう。

「ねえキミ達、朝からずっとあたしの後ろを付いてきてるけど、どうしたの？」

買い物袋を抱えたクリスが、俺達の傍でキョトンとした表情を浮かべていた——

「——あっはっはっは！　バカだなあダクネスは！　あたしは正義を愛するエリス教徒だよ？　悪い連中と付き合うわけないじゃない！」

事情の説明を受けたクリスが、楽しげに声を上げて笑っていた。

「くっ、面目ない……。私とした事が友人を疑ってしまうとは……」

膝を抱えて落ち込むダクネスに、クリスは嬉しそうにはにかむと。

「へへへ、あたしは嬉しかったけどなあ。だってダクネスは、それだけ心配してくれてるって事でしょ？」

「う……、それはそうなのだが、私は外見で人を判断し、あらぬ疑いまで掛けたのだ。エリス様に仕える身として、とても自分を赦す事が出来そうにない……」

変なところで頑固なダクネスがいじける中、クリスがそっと肩に手を乗せる。

「大丈夫、ちょっと行き過ぎちゃったけど友達を思っての事だもん。きっとエリス様は赦してくれるよ」

クリスがそう言って微笑むと、アクアが余計な茶々を入れた。

「そうかしら。あの子って真面目で頭が固いから、ダクネスを赦してくれないかも」

「ちょっとアクアさん、ダクネスが落ち込むから止めてあげて！」

ダクネスが、抱えた膝の間に顔を埋め、外界とのかかわりを閉ざす中、俺は気になっていた事を尋ねてみた。

「そういえばクリス、なんか色々買ってたみたいだけど、それって何を作るんだ？」

「えっ⁉　そ、それは、その……」

クリスはその質問に言葉を濁すと、何やらダクネスをチラリと見てくる。

つまり、ダクネスにかかわりがある事なのか……？

「ケーキね！　小麦粉にお砂糖、卵とくれば、手作りケーキを作る気ね！　なによクリス、ひょっとして誰かの誕生日でも近いのかしら？」

突然のアクアの言葉に、なぜかビクッと震えるクリスとダクネス。

……なるほどなあ、ピンときた。

そういえば誰かの誕生日が近かったな。

「よし、アクア、帰るぞ。あと、金は渡すから美味しいお酒を買ってきてくれ」

サプライズ誕生日がバレた事で、顔を赤くして肩を震わせるクリスと、同じく顔を赤くして肩を震わせるダクネスの二人に向けて。

「めぐみんに豪勢な料理を作ってもらうから、二人も早く帰って来いよ」

そう言い残した俺は、普段は真面目で固そうなクセにファンシーな物を好む誰かのために、ぬいぐるみを買って帰る事にした――

あとがき

このたびは、このすば短編集『よりみち2回目！』をお買い上げいただき、ありがとうございます。

よりみち一巻をお読みいただいた方は御存知かと思いますが、この本は過去の特典などをまとめて書籍にし、本棚に並べやすくするという建前でロンダリング……いいえ、読者様のために誠実に作られた物になります。

『拝啓、紅魔の里の皆様へ』『異世界へ行こう』は、まだこのすばがアニメ化の話すらなかった頃、異世界フェアというもので抽選で配られ今では手に入り難い物となっているので、これが再録されて色んな方に読んでいただけるのは素直にありがたいです。

本編の方は一応の完結をみせましたが、今後も色んな形でこのすばに触れていければと思います。

というわけで今巻も、三嶋先生と担当さん、そして様々な方のおかげで無事に皆様の下へお届け出来た事にお礼を言いつつ……。

この本を手に取っていただいた全ての読者の皆様に、深く感謝を！

暁　なつめ

とがきでした！

《初出》

拝啓、紅魔の里の皆様へ　「スニーカー文庫の異世界コメディがおもしろいフェア異世界だらけのストーリー集!!」

そうだ、異世界へ行こう!　「スニーカー文庫の異世界コメディがおもしろいフェア異世界だらけのストーリー集!!」

この過酷な世界に祝福を!　「ザ・スニーカー LEGEND カドカワエンタメムック」

白虎に加護を!　「この素晴らしい世界に祝福を!」Blu-ray & DVD とらのあな全巻購入特典

レッドストリーム・エクスプロージョン!　「この素晴らしい世界に祝福を!2」Blu-ray & DVD とらのあな全巻購入特典

○○料理を召し上がれ……!　書き下ろし

ぼっちをプロデュース!　書き下ろし

涸れ地に雨を!　「この素晴らしい世界に祝福を! よりみち!」購入特典

ダブルウィザード　「戦闘員、派遣します!」購入特典

友人想いの――　「戦闘員、派遣します!」購入特典

この素晴らしい世界に祝福を！ よりみち2回目！

著　暁 なつめ

角川スニーカー文庫　22400

2020年11月1日　初版発行

発行者　青柳昌行

発　行　株式会社KADOKAWA
〒102-8177 東京都千代田区富士見2-13-3
電話　0570-002-301（ナビダイヤル）

印刷所　株式会社暁印刷
製本所　株式会社ビルディング・ブックセンター

Printed in Japan　ISBN 978-4-04-109851-6　C0193

★ご意見、ご感想をお送りください★
〒102-8177 東京都千代田区富士見 2-13-3
株式会社KADOKAWA　角川スニーカー文庫編集部気付
「暁 なつめ」先生
「三嶋くろね」先生